LES BAS-ROUGES VOIENT ROUGE

Retrouvez les Sorcières du Beffroi

dans la suite de leurs aventures :

TOME 2 – Le chat mystérieux
TOME 3 – Les Bas-Rouges se bougent !
TOME 4 – Panique ! Chapeau magique !
TOME 5 – Sorcière, es-tu là ?
TOME 6 – Les balais de l'espace

Ce roman est paru sous le nom *A spell of witches*
dans la série *Belfry witches.*

Conforme à la loi n° 49 956 du 16 juillet 1949
sur les publications destinées à la jeunesse
ISBN 978-2-09-250664-6

Les Sorcières du Beffroi

1

LES BAS-ROUGES VOIENT ROUGE

Kate Saunders

Traduction de Marie-José Lamorlette

Illustrations de Tony Ross

Nathan

Chapitre 1

Les Bas-Rouges voient rouge !

– C'est pas juste ! se lamenta P'tit-Boudin. C'est vraiment le plus mauvais tour qu'on puisse jouer à une sorcière !

– Nous priver du bal d'Halloween ! enragea sa copine Grande-Greluche. Comment cette vieille bique ose-t-elle nous faire une crasse pareille ?

La pilule était dure à avaler ! Le bal d'Halloween était le clou de l'année, sur l'île aux Sorcières. On s'y démenait toute la nuit, il y avait à boire, à manger, à danser, avec un buffet, un grand feu de joie et un orchestre de jazz pur jus. Mais, cette année-là, P'tit-Boudin, Grande-Greluche et toutes les autres sorcières Bas-Rouges étaient consignées dans leurs grottes.

Ce qu'il faut savoir, c'est qu'une sorcière reçoit ses bas rouges et son grimoire magique de Bas-Rouge lorsqu'elle atteint l'âge de cent ans. À deux cents ans, les bas deviennent verts et le grimoire s'épaissit. Enfin, à l'âge de trois cents ans, une sorcière est élevée au rang de Bas-Violet ; elle peut alors s'en donner à cœur joie et jeter les sorts les plus fielleux qui soient.

Et juste parce que M'ame Cadabra, reine en chef des sorcières, avait entendu deux ou trois Bas-Rouges glousser dans son dos, elle avait décrété qu'elles étaient *toutes* d'affreuses petites chipies qui méritaient un châtiment exemplaire. Elles seraient privées de grimoire pendant huit jours et elles ne pourraient pas mettre un orteil au bal d'Halloween. Na !

Du coup, la révolte grondait chez les Bas-Rouges.

– Non, mais quel toupet ! reprit Grande-Greluche. Nous traiter comme de vulgaires Bas-Jaunes !

Les Bas-Jaunes étaient les bébés sorcières qui allaient encore à l'école. Il n'y avait pire insulte que celle-là.

Pour tout dire, les Bas-Rouges n'avaient pas vraiment la cote parmi leurs aînées. P'tit-Boudin et Grande-Greluche en particulier, car c'étaient deux friponnes de première catégorie, toujours prêtes à jouer les tours les plus pendables à n'importe qui. À part ça, elles étaient inséparables depuis leur époque bas-jaune. Et elles avaient maintenant cent cinquante ans, ce qui est encore très jeune pour une sorcière.

Comme son nom l'indiquait, Grande-Greluche était une grande bringue sèche comme une trique, avec une figure grise toute fripée, des yeux rouges comme des tisons, un long nez crochu qui rejoignait son menton et une tignasse mauve coiffée en pétard. P'tit-Boudin, elle, était trapue et ventrue. Avec ça, elle avait une bouille vert fluo qui brillait dans le noir, un gros nez en patate hérissé de verrues et elle était chauve comme un caillou; aussi portait-elle une longue perruque bleue pour se tenir le crâne au chaud.

Sur l'île aux Sorcières, personne n'avait droit à sa caverne personnelle avant d'être bas-violet. Les deux copines s'en moquaient pas mal : elles étaient enchantées de cohabiter et avaient déjà décidé qu'elles ne se sépareraient jamais. Mais ce bal, elles l'attendaient depuis des mois !

– J'en ai le sang qui postillonne ! ronchonna P'tit-Boudin. Buvons une bonne tasse de boue chaude, histoire de nous remonter le moral.

Grande-Greluche était bien trop furax pour ça.

– Je me contrefiche des ordres de cette peste de Cadabra, déclara-t-elle. J'irai à ce bal, qu'elle soit d'accord ou pas !

– Arrête ! répliqua P'tit-Boudin. Imagine ce qu'elle te fera, si elle s'en aperçoit !

Toutes les sorcières de l'île aux Sorcières étaient terrorisées par leur reine, qui était aussi grosse qu'un hippopotame et d'une mocheté incroyable, même pour des sorcières. Elle avait des dents en fer pointues comme des piques, le menton hérissé de poils gris et un caractère épouvantable.

Mais le pire, c'était qu'elle possédait le *Chapeau Tout-puissant* ! Un gibus de deux mètres de haut, avec une chandelle allumée au sommet. La flamme ne s'éteignait jamais, et le chapeau conférait à celle qui le portait des pouvoirs magiques considérables. Personne n'osait contrarier la reine quand elle avait son chapeau sur la tête.

– Je m'en moque, rétorqua Grande-Greluche. Nous irons à ce bal et M'ame Cadabra n'en saura rien, foi de moi ! Écoute...

Souriant de toutes ses dents, elle chuchota son super-plan à l'oreille vert épinard de P'tit-Boudin.

Au début celle-ci se montra sceptique, mais elle finissait toujours par suivre Grande-Greluche. Quand elle était bas-jaune, ses bulletins scolaires disaient qu'elle était « très docile » et cela restait vrai – au moins en ce qui concernait son amie. À ses yeux, il n'y avait pas au monde de sorcière plus géniale qu'elle.

Halloween est la nuit préférée des sorcières, celle où elles quittent leur île pour aller enquiquiner les humains. Elles détraquent les antennes de télévision, font pleurer les bébés endormis en les secouant comme des pruniers et autres frasques dans ce goût-là. Mais ce soir-là, pour les Bas-Rouges, ce n'était pas la joie.

Alors qu'elles se mettaient en rang pour enfourcher leur balai, elles jetèrent un regard déprimé au terrain de foot décoré d'ampoules colorées et de ballons noirs, fin prêt pour la fête. Seules P'tit-Boudin et Grande-Greluche étaient en pleine forme : elles ne cessaient de se pincer l'une l'autre et de pouffer sans que personne ne sache pourquoi.

Ce fut une nuit superbe. Boudin et Greluche volèrent jusqu'à une grande ville où elles écrivirent les pires gros mots avec les lumières qui brillaient sur les gratte-ciel. Puis elles se faufilèrent dans une laiterie et firent tourner tout le lait. Enfin, dans un marché aux fleurs, elles changèrent toutes les fleurs en choux pourris.

Une heure après minuit, ravies, elles revinrent se

poser sur la plage de l'île aux Sorcières. Le bal d'Halloween battait son plein : le terrain de foot grouillait de chapeaux pointus et de bas verts et violets qui tournoyaient dans tous les sens. Un feu de joie gigantesque embrasait le ciel d'une lueur rouge, et l'orchestre de jazz était déchaîné.

Les sorcières Bas-Rouges regagnèrent piteusement leurs cavernes, tout en prétendant que ça leur était bien égal. Mais P'tit-Boudin et Grande-Greluche se précipitèrent chez elles en riant si fort qu'elles tenaient à peine debout.

– Tout est prêt, Boud' ? lança Grande-Greluche avec entrain.

– Tu es sûre que ça va marcher ? chuchota sa copine, l'air inquiet.

– Arrête de gémir ou je te flanque une baffe ! répliqua Grande-Greluche. Pressons-nous, sans quoi il n'y aura plus rien à manger. Ces vieilles Bas-Violets bâfrent toujours comme des cochons.

Elle tira de sous une pierre deux paires de bas verts, teints avec du jus d'épinard ; l'opération leur avait pris tout l'après-midi. Elles les enfilèrent, admirèrent leur reflet dans une flaque d'eau boueuse, puis elles se peinturlurèrent afin de passer incognito. La précaution valait surtout pour P'tit-Boudin, dont la figure verte brillait aussi fort qu'un feu de signalisation.

Leur déguisement au point, elles foncèrent jusqu'au terrain de foot et se jetèrent à corps perdu dans la fête. À cette heure avancée, les autres sorcières étaient déjà si ivres qu'elles remarquèrent à peine ces deux étranges Bas-Verts. P'tit-Boudin et Grande-Greluche sautèrent et gambadèrent autour du feu de joie jusqu'à en perdre le souffle. Ensuite, elles allèrent au buffet et s'empiffrèrent de chauves-souris grillées au barbecue, de crânes de tritons salés et de beignets d'araignées.

Si elles s'étaient montrées prudentes, peut-être ne les aurait-on jamais découvertes. Mais elles firent alors une grosse bêtise : elles attrapèrent une pleine bouteille de potion extra-forte et la vidèrent en moins de deux.

Tous les gens sensés savent qu'il ne faut JAMAIS,

absolument JAMAIS, boire une potion destinée à quelqu'un d'autre ; le résultat peut être EXPLOSIF. Cela dit, comme P'tit-Boudin et Grande-Greluche étaient des sorcières, la potion ne fit que leur tourner la tête – et les rendre encore plus délurées.

Elles jetèrent un œil du côté de M'ame Cadabra, qui achevait de vider une caisse de potion extra-forte à elle toute seule. Elle racontait des histoires drôles pas drôles du tout, mais les Bas-Violets qui l'entouraient se forçaient à rire aux éclats. La reine serait d'une humeur noire, le lendemain, et mieux valait ne pas la contrarier.

– Il est temps qu'on lui donne une leçon ! décida P'tit-Boudin. Allez, viens ! C'est mon tour d'avoir une idée, pour une fois. Je vais lui montrer que les Bas-Rouges ne se laissent pas marcher sur les pieds !

Peu après, l'orchestre s'arrêta de jouer et la sorcière qui le dirigeait annonça :

– Deux généreuses Bas-Verts se proposent de nous remplacer un moment. Voici « Les Tapageuses du chaudron glougloutant », un duo dont vous vous souviendrez longtemps !

Un déluge de sifflets et d'applaudissements accueillit l'entrée en scène d'une Bas-Vert joufflue et dodue, au crâne lisse et rond comme une pastèque.

– Bonsoir ! clama-t-elle. Mon amie et moi allons vous interpréter un morceau de notre composition, intitulé : *L'Abominable Vieille Baleine pourrie*. Merci !

Sa comparse sauta sur l'estrade, mais cette fois personne n'applaudit. Elle avait bourré sa robe d'oreillers pour avoir l'air énorme, elle portait une fausse barbe grise et surtout – le pire – une chandelle surmontait son chapeau pointu. Les sorcières se tournèrent avec anxiété vers la reine. M'ame Cadabra n'avait encore rien vu : elle était en train d'ouvrir une nouvelle bouteille de potion extra-forte.

Dans un silence de mort, les deux Bas-Verts attaquèrent leur chanson :

Il était une sorcière,
et ron et ron, petit patapon,
une affreuse vieille rombière
grosse comme une baleine
et poilue du menton, ron ron !
Et poilue du menton !

Un cri d'effroi monta de la foule, mais les deux Bas-Verts entonnèrent plus fort encore :

Elle a les genoux qui plissent,
et ron et ron, petit patapon,
les dents qui se dévissent,
la tête qui branle, le bec qui pue
et le ventre en accordéon, ron ron.
Et le ventre en accordéon !

Vous l'aurez deviné,
et ron et ron, petit patapon,
de notre horrible reine
mauvaise comme une teigne
nous voulons vous parler, ron ron.
Nous voulons vous parler !

– Arrêtez ! glapit M'ame Cadabra, dont la vilaine figure était devenue aussi violette que ses bas. Comment osez-vous insulter de la sorte votre reine bien-aimée ?

– Bouh ! La vieille baleine pourrie ! ricanèrent les effrontées.

– Vous allez le regretter ! rugit la reine en brandissant un poing velu. Comment vous appelez-vous ?

– On ne vous le dira pas, tra la la !

M'ame Cadabra parcourut la foule de ses sujettes d'un regard qui les fit toutes trembler.

– Je veux leur nom !

Soudain, l'une des Bas-Violets qui faisait partie de l'orchestre bondit sur la scène et attrapa P'tit-Boudin par l'oreille.

– Regardez ! cria-t-elle. C'est un déguisement ! Elle s'est peint la figure !

– Ce n'est pas une Bas-Vert ! hurla une autre. C'est P'tit-Boudin, je la reconnais ! Et l'autre est à coup sûr Grande-Greluche !

– Arrêtez-les ! tonna la reine. Jetez-les en

prison ! Je les jugerai demain, devant le Grand Tribunal des sorcières !

– Oh, non ! gémit P'tit-Boudin. Qu'avons-nous fait ?

P'tit-Boudin et Grande-Greluche venaient de commettre le crime le plus épouvantable de toute l'histoire de l'île aux Sorcières... et elles allaient s'en mordre les doigts.

Chapitre 2

La galère

– Silence dans les rangs ! ordonna M'ame Cadabra. Faites entrer les prisonnières !

La caverne qui servait aux réunions était bondée. Toutes les sorcières de l'île étaient là, sans exception, et il y avait eu de sérieux crêpages de chignons pour obtenir les meilleures places. Même les petites Bas-Jaunes de soixante-dix ou quatre-vingts ans avaient été dispensées d'école, ce jour-là, afin d'assister au procès. Secrètement, les Bas-Rouges étaient assez fières de leurs deux camarades. Mais les Bas-Verts et les Bas-Violets leur en voulaient à mort.

Quand P'tit-Boudin et Grande-Greluche prirent place sur le banc des accusés, ces vieilles acariâtres les huèrent et leur crachèrent dessus. M'ame Cadabra dut rétablir l'ordre en clamant d'une voix de stentor :

– On se tait dans l'enceinte du tribunal !

Un silence de plomb s'abattit sur la salle, car la reine des sorcières était encore plus terrible à voir que d'habitude.

– Hier soir, mes sujettes, un crime odieux a été commis contre ma personne sacrée !

– Honte ! hurlèrent les Bas-Verts et les Bas-Violets. Honte aux criminelles !

Les mains liées dans le dos, P'tit-Boudin et Grande-Greluche affichaient une mine renfrognée... mais elles n'avaient pas du tout l'air de regretter leur forfait.

– P'tit-Boudin et Grande-Greluche ! reprit la reine. Vous êtes accusées d'avoir assisté au bal d'Halloween sans invitation, de vous être grimées en Bas-Verts, ce qui est formellement interdit, d'avoir insulté votre Chère et Tendre Souveraine, à savoir moi-même, d'avoir trop bu et de vous être très mal conduites. Avez-vous quelque chose à dire pour votre défense, avant que je vous condamne et vous punisse ?

– Vous avez bu encore plus que nous ! rétorqua P'tit-Boudin. Et pour ce qui est de la conduite, il a fallu vous porter chez vous parce que vous ne teniez plus debout !

– Je vous accuse d'outrage au tribunal, par-dessus le marché ! glapit M'ame Cadabra.

– Pouh ! On s'en fout ! répliquèrent les prisonnières, tirant une langue épaisse et blanche à leur reine.

Celle-ci semblait sur le point d'exploser de rage.

– Avez-vous, ou n'avez-vous pas, chanté une chanson hautement offensante intitulée *L'Abominable Vieille Baleine pourrie* ?

– Oh, que oui ! répondit Grande-Greluche. J'en ai écrit toutes les paroles, sauf la baleine et le bec qui pue – deux inventions de P'tit-Boudin. Nous avons trouvé ça très drôle.

– Drôle ! répéta la reine au bord de l'asphyxie. Vous trouvez drôle de m'insulter ?

– *Il était une sorcière, et ron et ron, petit patapon !* entonnèrent en chœur les deux accusées. *Une affreuse vieille rombière...*

Deux gardes Bas-Violets les firent taire sur-le-champ en les bâillonnant. La Grotte des Assemblées était sens dessus dessous. Plusieurs sorcières s'évanouirent d'horreur, et l'on dut arrêter une dizaine de Bas-Rouges qui se tordaient de rire.

– Mes sujettes ! tonna M'ame Cadabra. Ces vauriennes sont-elles coupables, oui ou non ?

– COUPABLES ! hurlèrent d'une seule voix des centaines de sorcières.

– Parfait ! approuva la reine. À présent, je vais rendre mon verdict. Et ma vengeance sera pire que tout ce que cette île a vu jusqu'ici !

Des murmures surexcités parcoururent l'assistance. Qu'allait décréter la reine ? Le châtiment le plus sévère, sur l'île aux Sorcières, était d'avoir son balai brisé en public. Mais aucun crime n'avait égalé celui-là... P'tit-Boudin et Grande-Greluche commençaient à regretter leur impertinence. Même si elles avaient décidé entre elles qu'un balai cassé n'avait aucune importance, la mine réjouie de M'ame Cadabra ne leur disait rien qui vaille.

– P'tit-Boudin et Grande-Greluche ! reprit cette dernière d'un ton solennel. Vous êtes de jeunes insolentes qui n'avez aucun respect pour vos aînées. Et si vous croyez vous en tirer avec un balai brisé, vous vous trompez !

– Bravo ! Bravo ! approuvèrent les vieilles sorcières avec entrain.

– Si jamais je m'amadoue d'ici une centaine d'années, ce qui est FORT PEU PROBABLE, poursuivit la reine, je pourrai peut-être reconsidérer votre cas. Mais d'ici là, pour vous être fait passer à tort pour des Bas-Verts, vous serez dé-fi-ni-ti-ve-ment privées de vos bas rouges !

Cette sentence était terrible. P'tit-Boudin et

Grande-Greluche s'en étranglèrent derrière leur bâillon.

– Pour le crime bien plus grave encore de m'avoir insultée par une chanson... insultante, vous serez bannies de cette île pendant cent ans !

P'tit-Boudin et Grande-Greluche changèrent de couleur, virant du vert au gris et vice versa. *Bannies ?* Quelle horreur ! Qu'allaient-elles devenir ?

Le procès terminé, les sorcières applaudirent la sortie de leur reine. Puis elles se ruèrent chez elles pour écouter le compte rendu de l'audience sur Radio-Sorcières, tandis que les deux condamnées étaient reconduites dans leur geôle en attendant l'heure de leur châtiment.

– C'est ta faute ! geignit P'tit-Boudin. Je n'aurais jamais dû t'écouter, quand tu as voulu qu'on resquille pour aller au bal !

– Ma faute ? se récria Grande-Greluche. Tout se serait bien passé, si tu n'avais pas eu l'idée hurluberlue de me déguiser en reine !

La lèvre verte de P'tit-Boudin se mit à trembler.

– Ne nous chamaillons pas, supplia-t-elle. Après tout, nous n'avons plus que nous, désormais. Oh, Grelu, que va-t-il nous arriver ? Est-ce que nous allons mourir ?

– Pas moi, en tout cas ! affirma Grande-Greluche qui n'était pas plus rassurée, en réalité. Je ne ferai pas ce plaisir à cette vieille morue mal dessalée ! Un jour ou l'autre elle le regrettera, crois-moi !

Quand la nuit fut à son plus noir, on conduisit P'tit-Boudin et Grande-Greluche au sommet d'une haute falaise et on les dépouilla de leurs bas rouges.

– Voilà qui vous apprendra ! ricana leur garde Bas-Violet en agitant les quatre longues chaussettes sous leur nez. Vous jouerez moins les fanfaronnes, maintenant !

P'tit-Boudin et Grande-Greluche n'avaient plus la moindre envie de fanfaronner. Elles avaient faim, froid et elles étaient terrifiées. Luttant contre un vent glacé, elles enfourchèrent leur balai et s'élancèrent dans l'obscurité.

Quelques heures plus tôt seulement, elles s'étaient envolées le cœur joyeux, prêtes à faire les quatre cents coups pour célébrer Halloween. Et voilà qu'à présent elles quittaient le seul endroit familier qu'elles aient jamais connu. Cent longues années devraient s'écouler avant qu'elles revoient l'île aux Sorcières. Elles reniflèrent de concert en la regardant s'estomper derrière elles, sinistre et noire avec ses rochers couleur de suie.

Même dans les meilleures conditions, chevaucher un balai n'a rien de confortable. Or, cette nuit-là, un vent furieux hurlait autour des deux sorcières, fouettant leurs haillons et sifflant à travers les trous de leur chapeau pointu. Elles n'avaient même plus leurs bas rouges pour leur tenir chaud.

Grande-Greluche pressa le bouton-radio qui se trouvait sur son manche, de manière à pouvoir parler à P'tit-Boudin malgré le tumulte qui les entourait.

– Du cran, Boud' ! On y arrivera !

Son amie se brancha sur sa fréquence et répondit d'un ton lugubre :

– On va devoir vivre avec les humains, désormais. Ils vont probablement nous brûler.

– Ils n'ont pas brûlé de sorcières depuis des siècles, grosse bêtasse ! rétorqua Grande-Greluche. D'ailleurs, la plupart d'entre eux ne croient même plus en nous. Et nous avons toujours nos pouvoirs magiques !

– Oui, riposta P'tit-Boudin, mais nous n'avons plus nos grimoires !

– Oh, cesse de te lamenter ! se récria sa copine agacée. Nous arriverons bien à retrouver quelques sortilèges élémentaires !

– Toi, peut-être ! renifla P'tit-Boudin. Mais moi, tu sais bien que je devais toujours me reporter à mes notes ! Je suis moins douée que toi ; j'avais travaillé très dur, pour obtenir ces bas rouges.

– Oublie-les un peu, tu veux ? coupa Grande-Greluche exaspérée. Choisissons plutôt notre destination. Que dirais-tu de cette grande ville où nous avons fait nos blagues d'Halloween ?

– Je ne pourrai jamais voler si loin, geignit P'tit-Boudin. J'ai trop faim. Je serai obligée de te manger en route.

Elles devaient lutter de toutes leurs forces contre les éléments déchaînés, car M'ame Cadabra avait commandé une terrible tempête pour les éloigner de l'île. Un froid mordant les pénétrait jusqu'à la moelle ; au-dessous d'elles, elles apercevaient l'océan agité de moutons blancs. Enfin, au bout de ce qui leur sembla une éternité, elles découvrirent des falaises, des bois, des champs et des villages.

– Toi qui es bonne en géographie, dit P'tit-Boudin, où sommes-nous ?

Grande-Greluche fronça les sourcils ; sans carte, il n'était pas commode de se repérer.

– Je crois que nous sommes en Gleterre, déclara-t-elle. Ils ont une reine, eux aussi, mangent des cakes aux fruits et boivent des litres de thé. Un drôle de pays, à ce qu'on en dit.

– Regarde ! s'écria soudain P'tit-Boudin en frétillant d'aise. Là ! Des chauves-souris ! Et elles m'ont l'air juteuses à point !

Ce mot leur mit l'eau à la bouche. P'tit-Boudin indiquait une grande tour en pierres avec des ouvertures partout et un toit aussi pointu qu'un chapeau de sorcière. Des chauves-souris voletaient tout autour dans le clair de lune.

Suivant le délectable fumet des pipistrelles, les deux sorcières se dirigèrent vers la tour – de bien meilleure humeur dès qu'elles se posèrent sur le bord du toit. P'tit-Boudin mit leurs balais en sécurité en les enfilant dans l'une des ouvertures. Puis, ravies, elles s'installèrent pour un vrai festin, car elles n'avaient rien avalé depuis le soir du bal et les chauves-souris étaient dodues à souhait.

Une fois rassasiées, elles s'aperçurent qu'elles étaient très fatiguées.

– Je ne peux pas aller plus loin, dit Grande-Greluche. Faisons un petit somme dans cette tour.

– Tout à fait d'accord, approuva P'tit-Boudin qui ne demandait pas mieux.

Elles se faufilèrent à l'intérieur et s'allongèrent sur un plancher poussiéreux. Grande-Greluche se fit un oreiller de son chapeau, tandis que P'tit-

Boudin se drapait avec délices dans de douillettes toiles d'araignées.

– Tu sais, Grelu, dit-elle en bâillant, cette maison n'est pas si mal. Elle me rappelle notre caverne.

La caverne n° 18, rue Qui-Pue, Île aux Sorcières... P'tit Boudin soupira, mélancolique.

– Qu'allons-nous faire ces cent prochaines années ?

– Être bannies a au moins un avantage, répondit bravement Grande-Greluche. Nous ne pourrons jamais rencontrer quelqu'un d'aussi affreux que cette peste de Cadabra, c'est impossible.

Rassurées par cette idée, les deux sorcières s'endormirent. Elles ne pouvaient se douter que la tempête les avait poussées dans les bras d'un personnage tout aussi épouvantable que leur reine – et même plus !

Chapitre 3

Ça commence mal...

C'était un beau dimanche d'automne, clair et frais, dans le petit village anglais de Tramper's End. Le révérend Harry Boulding et son vicaire Tobie Babbercorn, assis dans la sacristie, reprenaient des forces en attendant l'office.

Tobie était en train d'avaler une cuillerée de sirop extra-amer, pour sa toux persistante, quand il entendit soudain un bruit étrange : une sorte de long rire caquetant qui résonnait quelque part au-dessus de sa tête ! De frayeur, il faillit en lâcher sa cuillère.

– Avez-vous entendu ? demanda-t-il au pasteur.

– Entendu quoi ? rétorqua M. Boulding qui enfournait goulûment une tourte à la viande de porc.

– Je crois qu'il y a quelqu'un dans le beffroi, répondit le vicaire d'une voix tremblante. Quelqu'un qui glousse...

– Mon bon Tobie, vous savez bien qu'il n'y a personne dans ce beffroi ouvert aux quatre vents, à part les deux cloches et quelques chauves-souris. Vous vous faites des idées. C'est sûrement parce que ma cousine Violette vous a encore jeté au bas de l'escalier, ce matin.

Tous deux poussèrent un gros soupir. La cousine du pasteur, Mme Sac-à-Crasses pour le reste du village, menait le presbytère d'une poigne de fer. Tous les habitants de Tramper's End tremblaient devant elle. Elle avait débarqué un jour avec armes et bagages, sans se soucier de savoir si son cousin voulait ou non une gouvernante, et s'était installée d'autorité dans la plus belle chambre. Elle gardait pour elle tout l'argent du pasteur et le nourrissait si mal qu'il était obligé de se constituer des réserves secrètes – qu'elle trouvait presque toujours. Ce matin encore, elle avait découvert deux fromages bien faits enroulés dans le pyjama de Harry et les avait enfermés dans son coffre-fort personnel pour les déguster plus tard.

Les ouailles de M. Boulding étaient navrées pour leur pasteur, mais plus encore pour le vicaire – que l'horrible virago condamnait pratiquement à mourir de faim. Le jeune homme avait beau être la gentillesse même, Mme Sac-à-Crasses le haïssait et cherchait à se débarrasser de lui par tous les moyens. Maigre comme un clou, aussi blanc que son col amidonné et vêtu d'habits rapiécés, Tobie Babbercorn consacrait tous ses gains à acheter son sirop pour la toux. Les villageois auraient bien voulu l'aider, mais ils n'osaient pas, car la redoutable gouvernante était au courant de tout.

– Je me demande ce qu'est devenu son mari... murmura le pasteur. S'il a existé.

– Elle l'a peut-être mangé, suggéra le vicaire.

– Si seulement quelque chose ou quelqu'un l'obligeait à partir ! renchérit M. Boulding avec un nouveau soupir. Nous serions enfin libres, et je pourrais déguster un vrai repas dans ma propre salle à manger, comme autrefois !

Il s'interrompit, car le sacristain venait de passer la tête dans l'entrebâillement de la porte.

– Oui, monsieur Noggs ?

– Pardon de vous déranger, mon révérend, mais votre cousine dit qu'il est temps de commencer.

Le pasteur et le vicaire bondirent sur leurs pieds et se ruèrent comme un seul homme dans l'église où Violette Sac-à-Crasses trônait au premier rang, la mine plus rébarbative que jamais. Elle était si grosse qu'on avait dû lui confectionner un corset spécial dans une fabrique de camions. Ses maigres cheveux gris étaient tordus en un petit chignon menaçant planté au sommet de son crâne. Quant à sa figure rouge brique, elle évoquait un crapaud en colère.

Tobie Babbercorn se prépara à n'émettre aucun son durant le service. Mme Sac-à-Crasses punissait d'une amende tout bruit intempestif, et il lui devait déjà une fortune pour ses quintes de toux. Le pasteur, qui avait été pris un jour d'un terrible hoquet pendant son sermon, était condamné à payer pendant des années.

Vers le milieu de l'office, le vicaire entendit de nouveau ce gloussement bizarre venu du beffroi. Plus étrange encore, il distingua quelques bribes d'une chanson pour le moins irrévérencieuse. Ce n'étaient pas des idées, il en était sûr ! Par précaution, il décida de ne rien dire et de mener tout seul sa propre enquête.

Le service achevé, il faussa compagnie au pasteur (qui questionnait avidement ses paroissiens sur leur menu) et à Mme Sac-à-Crasses (occupée à vider le plateau de la quête dans son sac). Sur la pointe des pieds, il alla décrocher la clé du beffroi de son clou rouillé et se faufila dans la tour.

L'escalier en colimaçon comptait cent quatre-vingt-six marches. Lorsqu'il arriva en haut, il n'avait plus de souffle et souffrait d'un tournis épouvantable. Le cœur tambourinant, il ouvrit la porte qui menait au clocheton. Qu'allait-il découvrir ?

Le beffroi était vide. À part les deux cloches et les quatre grandes ouvertures qui dominaient la campagne environnante (de quoi vous donner un vertige du diable), il n'y avait rien – sauf de la poussière et des toiles d'araignées.

– Pourtant, marmonna Tobie, j'aurais juré...

– HOU ! ! ! glapit derrière lui une voix stridente.

Le vicaire sursauta et se retourna d'un bloc.

– Des sorcières ! gémit-il, livide.

Sur quoi il tomba dans les pommes.

Quand il revint à lui, deux étranges figures le contemplaient avec curiosité : l'une était vert fluo, l'autre grise et surmontée d'un toupet de cheveux mauves. Elles ne semblaient pas méchantes, mais elles avaient bel et bien l'air d'appartenir à des sorcières.

– Seriez-vous un policier ? demanda la verte.

– Mais non, idiote ! répliqua la grise. Tu ne vois pas que c'est un chien ? Regarde son collier !

Tobie Babbercorn se redressa sur son séant.

– Je ne suis pas un chien, je suis un être humain, déclara-t-il posément. Mon collier, comme vous dites, est un col en Celluloïd qui correspond à mes fonctions. Mais vous ? Êtes-vous... euh... Se peut-il que vous soyez vraiment de vraies sorcières ?

– Bien sûr ! répondit la verte avec mépris. Je suis P'tit-Boudin, et elle c'est ma copine Grande-Greluche. Comment vous appelez-vous ?

– Tobie Babbercorn, répondit le vicaire.

– Ha, ha, ha ! s'esclaffèrent les sorcières. Tobie Bête-à-corne ! Quel nom ridicule !

Trop poli pour relever l'insulte et se moquer de leurs noms, qui n'étaient pas mal non plus, Tobie expliqua:

– Je suis le vicaire de cette paroisse ; l'assistant du pasteur, si vous préférez.

– Un vicaire ? glapit Grande-Greluche. Tout s'éclaire ! Nous avons atterri sur une église ! Nous nous demandions pourquoi tout le monde chantait, tout à l'heure.

– Et nous nous sommes bien amusées à chanter aussi, ajouta P'tit-Boudin.

– Je sais, je vous ai entendues, répondit Tobie qui cherchait désespérément comment il allait présenter la chose à M. Boulding... et surtout à Mme Sac-à-Crasses.

Les deux sorcières le contemplaient, fascinées de découvrir en chair et en os (plus en os qu'en chair, d'ailleurs) l'un de ces spécimens anglais dont on leur avait parlé en classe de « Civilisation humaine », quand elles étaient Bas-Jaunes.

– Que faites-vous ici ? demanda le vicaire.

La bouille ronde de P'tit-Boudin s'allongea.

– Nous avons été bannies de l'île aux Sorcières pour cent ans, parce que nous avons chanté une chanson qui a déplu à notre reine, l'affreuse M'ame Cadabra.

– Nous n'avons dit que la vérité et nous ne le regretterons jamais ! renchérit Grande-Greluche, le poing levé.

Elles racontèrent l'histoire dans tous ses détails,

riant aux larmes en chantant les couplets de leur invention.

– Je vois, dit Tobie Babbercorn. Mais comment êtes-vous entrées dans ce clocher fermé à clé ?

– Sur nos balais, voyons ! répliqua Grande-Greluche.

– Des balais ? Quels balais ?

– Vous n'y voyez pas clair, ou quoi ? riposta P'tit-Boudin.

Mais lorsqu'elle se retourna et ne vit rien non plus, elle blêmit.

– Espèce de sorcière à la gomme ! rugit Grande-Greluche. Où les as-tu fourrés ? Réponds ou je t'explose ton gros nez à verrues !

– Je les ai fait passer par cette fenêtre ! protesta P'tit-Boudin. J'en suis sûre, Grelu !

Grande-Greluche réfléchit, les sourcils noués au-dessus de ses petits yeux qui luisaient comme des braises.

– Ils n'ont pas pu disparaître tout seuls... marmonna-t-elle. Et s'ils ont disparu *par enchantement*, c'est encore un coup de cette vieille bique de

Cadabra ! Elle a dû se servir du Chapeau Tout-puissant pour les ramener sur l'île !

– Oh, là, là, là, là... pleurnicha P'tit-Boudin. Qu'allons-nous devenir, sans nos balais ? Comment trouverons-nous un endroit où habiter ?

En dépit de l'inquiétude qui le rongeait, le vicaire décida de se montrer charitable.

– Vous n'avez qu'à rester ici, en attendant.

Grande-Greluche reprit aussitôt du poil de la bête.

– Excellente idée ! s'exclama-t-elle. Montrez-nous où se trouve la boutique d'accessoires pour sorcières, et en un rien de temps nous aurons de nouveaux balais.

Tobie déglutit, la gorge sèche.

– C'est que... je crains que nous n'ayons pas ce genre de magasin, dans la région.

– Tant pis ! Cet endroit me plaît beaucoup quand même, déclara P'tit-Boudin.

Elle prit la main du vicaire et lui fit les yeux doux.

– Voulez-vous être notre ami, monsieur Bête-à-corne ?

– Euh... avec plaisir, répondit le pauvre Tobie vaincu par son bon cœur. Mais personne ne doit savoir que vous logez ici. Et vous devez me promettre de bien vous conduire. De ne pas changer mes paroissiens en grenouilles, par exemple...

– Pfff ! Nous n'avons plus fait ce genre de chose depuis au moins cent ans ! riposta P'tit-Boudin, l'air vexé.

Le vicaire soupira.

– Bien. Dans ce cas, il faut que je vous parle de la Terreur de Tramper's End. À savoir Mme Sac-à-Crasses, la gouvernante du presbytère.

Il leur décrivit la cousine du pasteur – qui semblait pire encore que M'ame Cadabra – puis termina par une mise en garde sévère :

– Méfiez-vous d'elle. Elle est aussi rusée que méchante, et elle déteste mes amis.

– Nous ferons l'impossible pour être sages, promit Grande-Greluche. Ce sera peut-être un peu difficile au début, parce que nous n'avons pas l'habitude, mais nous trouverons vite le truc, ne vous bilez pas.

Tobie Babbercorn se releva et s'épousseta.

– Je dois vous laisser, déclara-t-il en jetant un coup d'œil à sa montre. Si j'ai une seconde de retard, Mme Sac-à-Crasses jettera mon déjeuner sur le tas d'ordures. Au fait... comment allez-vous vous nourrir ?

– Nous avons vos chauves-souris, et elles sont délicieuses, répondit P'tit-Boudin – qui tira une pipistrelle de sa manche et l'engloutit d'un coup d'un seul.

Un instant, le vicaire regretta de ne pas être tenté par ces petites bêtes ; elles étaient sans doute bien plus nourrissantes que le chou-fleur bouilli de cousine Violette.

– Bon. À plus tard, dit-il. Je reviendrai vous voir demain.

– Quel gentil humain ! susurra P'tit-Boudin quand il fut parti. Oh, Grelu, j'ai hâte d'arranger notre petit chez-nous !

– Quelques toiles d'araignées en plus, deux ou trois taches de moisi par-ci par-là, une touche de pourriture sur les poutres et ce beffroi devrait être tout à fait convenable, approuva Grande-Greluche.

P'tit-Boudin aspira une lampée d'eau de pluie dans la gouttière pour faire glisser sa chauve-souris.

– Si seulement nous avions nos grimoires... soupira-t-elle.

– Cesse de pleurnicher après ces vieux papiers ! ordonna Grande-Greluche.

– Mais comment nous procurerons-nous d'autres balais magiques, sans eux ? insista P'tit-Boudin. Je n'ai pas envie d'être bloquée ici sans moyen de locomotion, moi !

– Je connais la formule par cœur, assura son amie. N'oublie pas que j'ai gagné la médaille d'or de dressage de balais, à l'école. Nous allons montrer à M'ame Cadabra de quel bois nous sommes faites, Boud' !

Se rappelant les recommandations du vicaire, les deux sorcières attendirent que la lune soit levée et la nuit tombée sur le village pour se risquer hors du beffroi. Elles descendirent sans bruit les cent quatre-vingt-six marches, se faufilèrent hors de l'église et s'enfilèrent dans la grand-rue déserte, sous une bruine glacée. Pas une âme ! Elles étaient vernies !

Au début elles avancèrent sur la pointe des pieds et restèrent très sages, trop heureuses de pouvoir observer de près la façon dont les humains vivaient.

– Quels drôles de volatiles ! remarqua Grande-Greluche en apercevant des canards sur une mare. Crois-tu qu'ils seraient bons à manger ? Nous risquons de nous lasser des chauves-souris, à la longue...

P'tit-Boudin, elle, admirait des cottages couverts de chaume.

– Tu savais que les maisons avaient des cheveux, toi ?

– Idiote ! Ce ne sont pas des cheveux, rétorqua Grande-Greluche. Ce sont de petits chapeaux pour les protéger de la pluie !

Et elles pouffèrent, se moquant des humains qui

ne supportaient pas d'être mouillés.

– Wa-ouhhh ! Regarde ça ! s'exclama soudain Grande-Greluche, entraînant sa copine vers un bâtiment éclairé par un réverbère.

Elles tombèrent en arrêt devant la vitrine de la Quincaillerie Générale, juste à côté du bureau de poste. Jamais elles n'avaient vu tant de merveilles à la fois : des râteaux, des jarres de bonbons, des tabliers, de la layette pour bébés, des bottes en caoutchouc, de la laine à tricoter, des graines, des cartes postales en couleurs... ET DES BALAIS ! Deux grands balais de paille, exactement ce qu'il leur fallait.

– Magnifique ! chuchota Grande-Greluche. Prenons-les et mettons-nous tout de suite au travail !

P'tit-Boudin hésita :

– Ne faudrait-il pas demander la permission à ce cher Bête-à-corne, d'abord ?

– Nous la lui demanderons après, décréta sa copine.

Elle marmonna un maléfice et la vitrine du

bureau de poste s'évapora en même temps que celle de la quincaillerie. Elles entrèrent, se servirent et regagnèrent en hâte leur beffroi.

– Superbe ! déclara Grande-Greluche lorsqu'elles furent en sécurité chez elles. Regarde-moi la finition de ces balais ! Nous n'en avons pas d'aussi beaux sur notre île !

– J'ai chipé autre chose ! gloussa P'tit-Boudin en tirant de sous ses guenilles une carte postale représentant le beffroi. Envoyons-la à M'ame Cadabra !

Riant comme deux petites folles, elles rédigèrent le message suivant de leur ongle pointu, trempé dans le sang vert bouteille de P'ti-Boudin :

Pour la vieille eufe pourri
dénommé M'ame Cadabra,
Caverne 1, Île aux Sorcières.

Chaire eufe pourri, nous paçons des vaquences mèrevéyeuses dans nautre nouvèle mézon, reprézentait sur la fauto. Le tamp est manific et nous nous fichons bien de vous. Bizous moisis, P'tit-Boudin et Grande-Greluche.

– Je voudrais voir sa tête quand elle lira ça, cette vieille limace gluante ! gloussa Grande-Greluche.

Elles expédièrent ce délicat message grâce à un sortilège spécial, assez simple, puis elles passèrent à la tâche infiniment plus compliquée qui consistait à dompter leurs nouveaux balais.

En fait, la mémoire de Grande-Greluche n'était pas aussi bonne qu'elle le pensait et cela n'alla pas sans mal. Elles commencèrent par changer les balais en bicyclettes, et faire marche arrière leur donna du fil à retordre. Ensuite, par erreur, Grande-Greluche fit apparaître un génie – furieux d'avoir été dérangé pour rien. Elles s'évertuèrent encore pendant des heures, se traitant de tous les noms, se crêpant le chignon et se flanquant quelques torgnoles sur le nez. Enfin, après bien des efforts, elles réussirent à faire exécuter quelques ordres élémentaires à leurs balais.

– Viens, allons nous exercer dehors ! dit Grande-Greluche.

Oubliant la promesse qu'elles avaient faite au vicaire, elles dévalèrent une nouvelle fois les cent quatre-vingt-six marches du beffroi et se ruèrent dans la grand-rue alors que le soleil se levait.

Chapitre 4

... Et ça ne s'arrange pas !

Quelques heures plus tard, le village en ébullition était rassemblé autour du bureau de poste. Mme Tucker, la postière, se remontait avec une tasse de thé tout en faisant sa déclaration à l'agent de police, le sergent Cracker.

– Quand je suis arrivée à huit heures et que j'ai vu ma vitrine... ou plutôt que je ne l'ai *plus vue* ! corrigea-t-elle.

– Ces malfaiteurs devaient être une sacrée

bande ! commenta le policier. Faire disparaître une vitrine entière sans laisser de traces ! Où ont-ils bien pu mettre tout ce verre ?

Le pasteur et le vicaire, alertés par ce tapage matinal, accoururent à leur tour.

– Que se passe-t-il ? haleta M. Boulding.

– Un cambriolage ! répondit la postière.

– Ciel ! s'exclama le pasteur. Et que vous a-t-on pris ?

– C'est le plus étrange, déclara le policier. À part la vitrine, inexplicablement envolée, les seules choses qui ont disparu sont une carte postale du beffroi et deux balais.

– Deux balais de paille à l'ancienne mode, précisa Mme Tucker, comme dans les histoires de sorcières !

– Oh, non ! couina Tobie Babbercorn qui venait de tout comprendre.

Alors que les villageois se tournaient vers lui, surpris, il fut sauvé par le bruit d'une porte qui claquait tel un coup de tonnerre du côté du presbytère. Puis le sol se mit à trembler et une voix de stentor rugit :

– Que signifie cet attroupement ?

Aussitôt tout le monde se tut, y compris les canards nageant dans la mare. La colossale Violette Sac-à-Crasses parut au bout de la rue, saucissonnée dans un peignoir grenat assorti à sa figure... et au bonnet qui recouvrait ses maigres cheveux. Autour de sa bouche jaillissaient, hirsutes, les poils gris qu'elle n'avait pas pris le temps de raser.

– Il... il y a eu un cambriolage, cousine Violette, balbutia le pasteur.

– Où sont les coupables ? tonna l'énorme femme. Que personne ne bouge tant que je ne les aurai pas trouvés !

– Cette enquête relève de mes attributions... risqua faiblement l'agent de police.

D'un coup de poing bien senti, Mme Sac-à-Crasses fit valdinguer son képi.

– Pour qui vous prenez-vous, Bill Cracker ? Pour Sherlock Holmes ? Je vais vous dire ce qui se passe, moi : c'est un complot ! On en veut à mes nerfs ! Et vous allez le regretter, tous autant que vous êtes !

L'assistance fut saisie d'un tremblement collectif. Tous, sans exception, regrettaient déjà l'incident qui avait tiré la furie de son lit.

À cet instant, Tobie Babbercorn leva par hasard les yeux vers le ciel... et faillit s'évanouir derechef: montées sur des balais, deux silhouettes vêtues de haillons noirs – une grosse et une maigre – tournoyaient joyeusement autour du beffroi. Bonté divine ! Qu'allait-il se passer si on les découvrait ? se demanda le pauvre vicaire aux abois.

Une nouvelle fois, il fut sauvé par un phénomène aussi incroyable que retentissant : une fenêtre explosa dans chaque maison du village, sans exception, et une invraisemblable procession de brosses, balais, serpillières et nécessaires de nettoyage en tout genre s'organisa dans la grand-rue sous les yeux de leurs propriétaires ébahis.

– Ma brosse à reluire ! s'étrangla Mme Sac-à-Crasses... avant de s'effondrer sur le vicaire qu'elle écrasa de tout son poids.

Les ustensiles disparurent en bon ordre en direction de l'autoroute. Nul ne devait jamais les revoir.

Après un long silence abasourdi, le révérend Boulding se racla la gorge et demanda:

– Avez-vous vu ce que je viens de voir ?

Aussitôt, rassurés d'apprendre qu'ils n'étaient pas devenus fous, les villageois se mirent à parler tous à la fois. Quelle mouche avait piqué leur matériel de ménage ? Était-ce dû à la couche d'ozone ? À la pollution atmosphérique ? Tramper's End était-il bâti sur un ancien site sacré ? Avait-on assisté à une prouesse éclairée de la science, ou à une obscure démonstration de magie noire ?

– C'était de la magie noire, j'en suis sûre ! déclara Mme Sac-à-Crasses en revenant à elle.

Elle semblait terrifiée, ce qui ne s'était jamais vu. Quand elle eut repris quelques couleurs... et sa voix habituelle, elle hurla :

– Je suis allongée sur un sac d'os, ma parole ! Ôtez cette horreur de sous ma personne !

Le pasteur et le policier, non sans mal, extirpèrent le malheureux vicaire d'une situation pour le moins précaire.

– J'aurais dû me douter que c'était vous, espèce d'échalas ! grommela Mme Sac-à-Crasses. Ne vous avisez plus *jamais* de jouer les carpettes, c'est compris ? Vous êtes aussi pointu que les dents d'un râteau !

– Désolé... murmura Tobie d'une voix blanche.

Péniblement, la gouvernante se remit d'aplomb sur ses pantoufles à talons – du 46 fillette au bas mot.

– Avis à la population ! gronda-t-elle. Je vais faire une petite sieste jusqu'au déjeuner ! Si quelqu'un s'avise de me déranger...

Personne ne bougea ni ne souffla. On aurait presque pu entendre les hannetons se faufiler dans l'herbe. La paire de 46 fillette s'éloigna, martelant lourdement la grand-rue en direction du presbytère.

Tobie Babbercorn s'étonna un instant qu'un croquemitaine de l'espèce de Mme Sac-à-Crasses ait pu avoir peur d'un peu de magie, mais il ne s'appesantit pas sur le sujet : il avait des questions plus urgentes à régler – à savoir si P'tit-Boudin et Grande-Greluche ne réservaient pas au village d'autres tours à leur façon.

Le malheureux vicaire n'avait pas tort de s'inquiéter : ces quelques ratés n'étaient qu'un début !

Tandis qu'il courait au presbytère chercher le sirop dont il avait grand besoin pour se remettre de son double choc, P'tit-Boudin et Grande-Greluche l'aperçurent. Aussitôt, elles interrompirent une délirante partie d'attrape-perruque pour voir où habitait leur ami. À cheval sur leur balai, elles firent le tour du bâtiment de briques rouges édifié près de l'église et passèrent en revue les chambres du premier étage.

La première, celle de Violette Sac-à-Crasses, était équipée d'une moquette rose bonbon, d'un grand lit moelleux, de deux fauteuils rembourrés et d'un gros coffre-fort blindé installé dans un coin. Une tarte à la mélasse était posée sur le bord de la fenêtre. Comme les sorcières ignoraient ce que c'était, elles la goûtèrent... et l'engloutirent tout entière, la trouvant délicieuse.

La fenêtre voisine donnait dans la chambre du

pasteur, beaucoup moins confortable... mais bourrée de surprises époustouflantes, même pour des sorcières ! Gloussant de plaisir, elles se promirent de parler de leurs découvertes au vicaire, plus tard.

Pour finir, les deux curieuses se hissèrent sous les toits et découvrirent la misérable petite mansarde occupée par leur ami. Les carreaux de la fenêtre étaient cassés, le plancher, nu, était hérissé d'échardes et le lit semblait aussi dur que du béton. Mais sur la table de nuit se trouvait... une grande bouteille brune qui leur arracha des cris de joie.

– Hourra ! De la potion extra-forte ! s'exclama Grande-Greluche en s'emparant de la fiole.

– Hé ! Donne-m'en une lampée ! réclama P'tit-Boudin qui faillit en tomber de son balai.

– Non, attends, j'ai une meilleure idée, déclara sa copine. Emportons-la chez nous et fêtons dignement nos nouveaux balais !

Elles s'éclipsèrent deux secondes avant l'arrivée de Tobie Babbercorn, qui se félicitait que personne

– et surtout pas Mme Sac-à-Crasses – n'ait aperçu les sorcières. Mais quand il se rendit compte que son sirop avait disparu, il s'arracha les cheveux.

– Juste ciel ! Qui a bien pu me voler ce sirop ? se lamenta-t-il. Il est TERRIBLEMENT DANGEREUX de boire un médicament qui ne vous est pas destiné !

Si deux personnes étaient bien placées pour le savoir – ou auraient dû l'être ! – c'étaient P'tit-Boudin et Grande-Greluche. Pourtant, cachées dans le beffroi, elles avaient déjà vidé la bouteille de sirop extra-fort. Comme il était fait pour des humains, l'effet fut plus détonnant encore que la potion de M'ame Cadabra : elles se retrouvèrent vite complètement pompettes.

– Si on s'amusait un peu, Boud' ? demanda Grande-Greluche.

– À quoi ? rétorqua P'tit-Boudin.

– À... la-lessive-arrosée, par exemple ! suggéra son amie, jamais à court d'idées.

La-lessive-arrosée était un jeu dégoûtant fort prisé chez les Bas-Rouges, sur l'île aux Sorcières : il consistait à voler en balai au-dessus d'un étendage et à cracher sur le linge. Si l'on touchait une culotte ou un caleçon, on avait dix points. Or de nombreux sous-vêtements flottaient dans le vent, ce jour-là, et les sorcières s'en donnèrent à cœur joie. Grande-Greluche compta bientôt deux cent quatre-vingts points, alors que P'tit-Boudin, moins douée, n'en avait encore que cent soixante.

– Je n'ai plus de salive ! se plaignit-elle. On passe à autre chose ?

– Allons nous percher sur le toit du presbytère et crions des grossièretés, proposa Grande-Greluche.

– Génial ! approuva P'tit-Boudin. On y va !

À peine étaient-elles installées, les pieds bien calés dans la gouttière, qu'une voix tonitruante explosa au-dessous d'elles :

– Harry Boulding ! Vous êtes-vous faufilé dans ma chambre ?

– Moi, cousine Violette ? Jamais de la vie ! couina le pasteur.

– Alors qui a mangé ma tarte à la mélasse ? rugit de plus belle Mme Sac-à-Crasses.

– Je l'ignore, cousine Violette ! Je vous assure !

Sur le toit, les deux chipies pouffèrent de rire, ravies.

– Il n'a pas mangé votre tarte à la mélasse, vieille pouffiasse ! cria Grande-Greluche avec entrain. Et vous savez pourquoi ? Parce qu'il cache dans sa chambre assez de boustifaille pour faire ripaille pendant des mois !

– D'où vient cette voix ? glapit Mme Sac-à-Crasses. Qui ose m'insulter de la sorte ? Arrêtez tout de suite ou j'appelle la police !

Mais la sorcière entonna de plus belle :

– Le pasteur de Tramper's End est un chenapan, un fieffé gourmand qui cache des kilos de bonbons dans des livres à double fond !

– Des livres à double fond ? répéta la gouvernante, hors d'elle. J'aurais dû m'en douter ! Ah, ça ne va pas se passer comme ça !

– Calmez-vous, cousine Violette ! supplia M. Boulding. Je vais vous expliquer !

– Expliquer quoi ? reprit la voix venue du ciel. Qu'il a peur de mourir de faim, et que son lavabo déborde de tranches de pain ? Qu'il dort sur un oreiller truffé de beignets, que son lit est farci de biscuits ?

– C'est trop fort ! rugit la gouvernante. Je vais voir ça de ce pas ! Laissez-moi passer, Harry !

Sur le toit, P'tit-Boudin trépignait de joie.

– À moi ! dit-elle.

Et elle entonna à son tour :

– Derrière le portrait de sa tante Anne, le pasteur a collé de la frangipane ! Ce glouton mérite une punition, à moins qu'il meure d'indigestion !

– Pour être puni, il va l'être ! gronda Mme Sac-à-Crasses, ne se demandant même plus d'où venaient ces précieuses informations.

Peu après, les deux comparses entendirent un vacarme de tous les diables, mêlé de cris étouffés.

– Ouille ! Aïe ! gémissait le pasteur.

Terré dans sa mansarde, Tobie Babbercorn était outré par la conduite de ses protégées.

– Pauvre M. Boulding ! Il avait pris tant de peine à dissimuler ces provisions ! murmura-t-il, avant de céder à une terrible quinte de toux sous l'effet de l'émotion.

– Taisez-vous, là-haut ! ordonna aussitôt une voix de stentor. Je vous interdis de tousser quand je parle, jeune homme !

Tandis que le tapage se propageait à l'étage supérieur, les deux fautives regagnèrent le beffroi en zigzaguant sur leur balai. Trop ivres pour regretter la tornade qu'elles avaient provoquée, elles n'avaient plus qu'une envie : cuver leur sirop en paix.

Trois heures plus tard, quand le vicaire fort mal en point eut gravi avec peine les cent quatre-vingt-six marches du beffroi, un spectacle affreusement choquant l'accueillit dans le clocheton : P'tit-Boudin et Grande-Greluche ronflaient, affalées contre le mur, leur chapeau sur les yeux. Près d'elles se trouvaient les balais volés et la bouteille de sirop – vide.

– Sorcières ! clama Tobie d'un ton sévère. Réveillez-vous immédiatement !

Les deux commères repoussèrent leur chapeau en grognant.

– Oh, que je me sens mal ! gémit Grande-Greluche. Je ne boirai plus une goutte de cette potion, c'est juré !

– Salut, monsieur Babbercorn ! lança P'tit-Boudin. Êtes-vous venu nous réconforter ?

– Vous réconforter, après tout le désordre que vous avez causé ? répliqua le vicaire. Sûrement pas !

– Oh, là, là ! protesta P'tit-Boudin, froissée. Qu'avons-nous donc fait de si grave ?

Tobie Babbercorn énuméra sur ses doigts :

– Vous avez dilapidé deux vitrines, volé deux balais, fait des loopings en plein jour au-dessus du village, cassé une vitre dans chaque maison de Tramper's End, provoqué la disparition de toutes les brosses et de toutes les serpillières du village, craché sur le linge qui séchait – ne le niez pas, je vous ai vues ! –, dénoncé ce pauvre pasteur qui a eu les pires ennuis avec sa gouvernante... Et pour finir, alors que par miracle personne ne vous a encore aperçues, vous m'avez VOLÉ MON SIROP POUR LA TOUX ! Sans oublier que par votre faute j'ai failli mourir écrasé sous Mme Sac-à-Crasses ! Bonté divine, comment avez-vous pu accumuler tant de sottises en si peu de temps ?

Les deux accusées baissèrent la tête, penaudes.

– Je veux bien être votre ami, reprit le vicaire, mais je n'y parviendrai pas si vous vous conduisez aussi mal.

– Nous voulions juste nous amuser un peu, pleurnicha Grande-Greluche.

– Nous n'avions pas l'intention de vous causer des ennuis ! renchérit P'tit-Boudin, fondant en larmes.

Bientôt, elles sanglotèrent si fort qu'elles risquaient d'ameuter le village au complet.

– Chuuuut ! siffla Tobie. Je vous pardonne si vous me jurez d'abandonner vos vilaines manières de sorcières et si vous essayez vraiment d'être sages.

– C'est promis ! clamèrent en chœur les deux copines. Restez notre ami, s'il vous plaît !

Ému aux larmes par un repentir aussi sincère, le vicaire tira son mouchoir et se moucha bruyamment.

– C'est bon. J'efface tout, nous reprenons l'expérience à zéro. Bonne nuit, sorcières, lança-t-il en attaquant une fois de plus la descente des cent quatre-vingt-six marches du beffroi.

Tristement, les sorcières remâchèrent un bon moment en silence la leçon que Tobie venait de leur donner. Puis Grande-Greluche déclara d'un ton solennel :

– Tu sais quoi, Boud' ? À partir de demain, nous serons si gentilles que notre ami le vicaire ne nous reconnaîtra presque plus !

Chapitre 5

Ratatinée, la Violette !

Le lendemain matin, réveillées avant l'aube, les deux sorcières firent grise mine en se souvenant que c'était le premier jour de leur nouvelle vie de Bonne Conduite.

– Sac-à-puces et fanfreluches... marmonna Grande-Greluche. Comment s'y prend-on pour être gentil ? Tu te souviens d'avoir lu des trucs là-dessus dans nos grimoires, Boud' ?

– Pas des masses... répondit P'tit-Boudin. C'était

pas le but, je te signale !

Après s'être longtemps trituré les méninges, elles décidèrent de commencer par préparer une nouvelle potion anti-toux pour Tobie Babbercorn. C'était assez ardu, sans formule magique, mais Grande-Greluche était sûre d'avoir retrouvé la recette. Au lever du soleil, elles volèrent jusqu'à une prairie où elles ramassèrent des herbes et des baies, qu'elles firent bouillir dans de l'eau de pluie en se servant du chapeau de P'tit-Boudin comme casserole. Puis elles vidèrent la décoction dans la fiole du vicaire.

– Grelu... murmura P'tit-Boudin d'un ton inquiet. Tu es sûre que c'est la bonne formule ? Cette potion n'était pas rose, dans mon souvenir.

Grande-Greluche n'était sûre de rien, mais elle monta néanmoins sur ses grands chevaux :

– Bien sûr, que j'en suis sûre, grosse courge ! Et de toute façon, c'est plus joli comme ça. Tu verras qu'il sera enchanté.

Vérifiant qu'il n'y avait personne alentour, elles volèrent jusqu'au presbytère et déposèrent la fiole sur la fenêtre de leur ami. Ensuite, perchées dans un mûrier, elles attendirent qu'il la trouve.

– J'ai pensé à autre chose... souffla P'tit-Boudin. Est-ce qu'une toux d'humain se soigne comme une toux de sorcière ?

– Oh, ça va ! riposta vertement Grande-Greluche. Tu n'avais qu'à faire le travail toi-même, si tu es si maline !

– Pardon, marmonna P'tit-Boudin.

– Chut ! chuchota sa copine. Il arrive !

Mais ce n'était pas le vicaire qui entrait dans la mansarde : c'était Mme Sac-à-Crasses, venue cirer le plancher pour que son ennemi juré glisse et se casse quelque chose. À la vive horreur des deux complices, la gouvernante marcha droit sur la fiole, qui brillait comme un rubis rose dans le soleil d'automne.

– Tiens, tiens ! bougonna-t-elle. Ce n'est pas le sirop que cet ostrogoth boit d'habitude... Voyons voir !

Elle déboucha le flacon et le renifla, soupçonneuse.

– Mais c'est que ça embaume ! Oh, ça sent trop

bon pour un abruti de son espèce !

Et elle vida la bouteille d'une seule lampée.

– Sale gourmande ! ronchonna Grande-Greluche. Il va falloir qu'on recommence !

– Attends ! souffla P'tit-Boudin. Regarde, Grelu !

Une drôle d'expression passait sur la grosse figure rouge de Mme Sac-à-Crasses... et il y avait de quoi.

– Au secours ! glapit-elle. Police ! Je me ratatine !

C'était bien ce qui lui arrivait. Et sa voix de stentor se ratatinait aussi, si bien qu'elle n'était plus qu'un couinement de souris.

– Je t'avais dit que ce n'était pas la bonne recette ! chuchota P'tit-Boudin. Une chance que M. Bête-à-corne n'ait pas bu ta potion...

La petite tête de la gouvernante était en train de disparaître sous la table, et les sorcières riaient si fort qu'elles devaient se cramponner à leur balai pour ne pas tomber.

– Allons voir à quoi elle ressemble, maintenant, dit Grande-Greluche.

D'un coup de balai, elles se propulsèrent dans la mansarde du vicaire. Mme Sac-à-Crasses avait la taille d'une tasse de thé, à présent. Les deux copines se tordaient de rire, ce qui la fit enrager. Elle brandit un poing minuscule dans leur direction.

– Si c'est vous qui m'avez fait ça, couina-t-elle, vous avez intérêt à me rendre mes vraies proportions !

– Hi, hi, hi ! gloussa Grande-Greluche. Impossible, ma jolie !

– On ne sait pas faire ! s'esclaffa P'tit-Boudin.

C'était absolument vrai : la contre-recette se trouvait dans leur grimoire de Bas-Rouges, et elles ne s'en souvenaient plus du tout.

– Vous me le paierez ! grinça la petite Violette. J'ai des relations haut placées ! Je me plaindrai à l'Association des Victimes de Magiciens pourris ! Je porterai plainte pour abus de sorcellerie ! Les conséquences seront TERRIBLES !

Et vlan ! Elle mordit l'orteil de P'tit-Boudin.

– Ouille ! cria celle-ci. C'est du concentré de peste, à présent ! Mets-la dans la bouteille et visse le bouchon, Grelu !

– Très bonne idée, acquiesça Grande-Greluche.

La gouvernante eut beau ruer et tempêter, elle fut enfilée de force dans le goulot et enfermée dans sa prison de verre.

– Grelu, demanda anxieusement P'tit-Boudin, crois-tu que notre cher Bête-à-corne va apprécier ?

– Il devrait ! répondit Grande-Greluche. Mais avec lui, on ne sait jamais.

– Et ce n'est pas tout... reprit P'tit-Boudin, l'air affolé. Imagine que le maléfice se dissipe ! Quel sort cette vipère lui réservera-t-elle, quand elle retrouvera sa taille normale ?

Elles se dévisagèrent, épouvantées. Qu'avaient-elles fait ? Les représailles de Violette Sac-à-Crasses risquaient d'être redoutables ! À cet instant précis, elles reconnurent le pas du vicaire dans l'escalier. N'osant l'affronter, elles sautèrent lâchement sur leur balai et s'éclipsèrent.

Dès que Tobie Babbercorn entra chez lui, la première chose qu'il vit fut la bouteille.

– Ces sorcières sont adorables ! s'exclama-t-il. Elles ont remplacé mon sirop !

Mais lorsqu'il saisit son médicament, il eut l'un

des pires chocs de sa vie.

– Ce n'est pas possible ! souffla-t-il. J'ai des visions !

Dans la bouteille, une Mme Sac-à-Crasses miniature trépignait, furibonde. Prudemment, le vicaire ôta le bouchon pour tenter d'engager la conversation.

– Attendez que je redevienne moi-même ! glapit-elle. Vous regretterez d'être né ! Et sortez-moi de là, vous m'entendez ?

– Je crains de ne rien pouvoir pour vous, dit Tobie Babbercorn. Il s'agit certainement d'une erreur – une erreur regrettable !

Il remit le bouchon en place, se demandant que faire.

– Je vais en parler au pasteur, décida-t-il. C'est un homme sensé, il saura me conseiller.

Portant la fiole avec le plus grand soin, il descendit jusqu'au bureau de M. Boulding.

– Pardon de vous déranger, révérend, mais je dois vous parler de toute urgence. C'est au sujet de votre cousine...

– Chuuut ! siffla le pasteur. Elle va vous entendre !

– Non, cela ne craint rien pour l'instant. Il lui est arrivé... quelque chose. Une mésaventure épouvantable.

Le visage d'Harry Boulding s'illumina.

– Nous aurait-elle quittés ?

– Euh... pas vraiment. En fait... je... je la tiens dans ma main. Regardez !

Les yeux exorbités, le pasteur se pencha vers la fiole et découvrit la gouvernante qui pestait et crachait tel un crapaud dans un film muet.

– Sapristi ! s'écria-t-il. Cousine Violette !

– Je ne peux tout vous expliquer, reprit le vicaire, mais je crois deviner qu'elle a été victime d'un sort. Connaîtriez-vous une solution pour la libérer ?

– LA LIBÉRER ? s'exclama le pasteur. Avez-vous perdu la tête ? Oh, mon petit Tobie, c'est le plus beau jour de ma vie !

Dans sa joie, le révérend se mit à danser ; puis il embrassa son vicaire sur le bout du nez.

– Vous savez quoi, Tobie ? Nous allons fêter ça

par un banquet ! Nous nous régalerons de mes provisions secrètes *devant notre tyran* enfermé dans sa bouteille !

– Cela me semble risqué, mon révérend... protesta le jeune homme. Imaginez qu'elle retrouve sa taille !

– Taratata ! répliqua le pasteur en tirant la langue à Mme Sac-à-Crasses, qui piétinait de rage et d'impuissance derrière le verre marron. Ne faites pas votre poule mouillée, mon cher. Allez plutôt dire à Mme Noggs que nous ne pourrons pas assister à la réunion pour le vide-grenier ; je m'occupe du reste !

Tobie Babbercorn détala à toutes jambes. Mais au lieu de se rendre chez la femme du sacristain, il grimpa quatre à quatre les cent quatre-vingt-six marches du beffroi. P'tit-Boudin et Grande-Greluche, penaudes, se cachaient derrière leur chapeau.

– J'exige une explication ! déclara sévèrement le vicaire.

– Ne vous mettez pas en colère, gémit P'tit-Boudin. Il y a eu une petite erreur de manipulation... Nous voulions juste remplacer votre sirop !

– Je suis certain que vos intentions étaient bonnes, admit le jeune homme, et j'avoue que je laisserais volontiers cette harpie dans sa bouteille. Mais vous ne pouvez pas semer des maléfices à tout va, les filles. Il faut que vous arrangiez ça !

– On a perdu la formule... confessa Grande-Greluche, son long nez gris baissé vers le plancher. En revanche, nous nous sommes souvenues d'une chose : ce sortilège... disparaît au coucher du soleil.

– Oh, non ! gémit le vicaire. Pour l'amour du ciel, sorcières ! Vous rendez-vous compte de ce qui va arriver ? Et ne vous mettez pas à pleurnicher, s'il vous plaît ! Creusez-vous plutôt la cervelle pour nous tirer de ce mauvais pas, le pasteur et moi !

– Pardon ! Pardon ! sanglotaient les deux copines.

– C'est bon. Mais je compte sur vous pour faire de votre mieux ! déclara Tobie en repartant en trombe vers le presbytère.

Il trouva le pasteur en train d'étaler ses provisions sur la table de la salle à manger, gai comme un pinson. M. Boulding chantonnait, une jarretelle de sa cousine attachée autour de son crâne chauve en guise de couronne.

– Mon révérend ! s'écria le vicaire hors d'haleine. Cessez ces imprudences, je vous en prie ! Je viens d'apprendre...

– Turlututu ! Taisez-vous donc, mon petit Tobie. Au lieu de jouer les oiseaux de mauvais augure, asseyez-vous et goûtez-moi ces paupiettes !

D'office, il installa le vicaire devant une assiette et fit une nouvelle grimace à Mme Sac-à-Crasses, dont la fureur était terrible à voir. Suffoqué par l'angoisse, l'appétit coupé malgré des semaines de jeûne forcé, le pauvre Tobie calculait qu'ils n'avaient plus qu'un quart d'heure de répit, tout au plus. Il n'osait imaginer ce qui allait se passer si les sorcières ne trouvaient pas une solution d'urgence pour calmer la gouvernante. Face à lui, le révérend s'en donnait à cœur joie. Il dévorait les mille délices qu'il avait préparées, aussi rouge que le soleil qui plongeait dramatiquement vers l'horizon. Enfin, il acheva son savarin au chocolat et s'essuya la bouche, pleinement satisfait.

– Quel repas ! s'exclama-t-il. C'est le meilleur festin que j'aie jamais dégusté !

Le soleil allait disparaître... Ce n'était plus qu'une question de secondes, à présent. En toute hâte, le vicaire débarrassa la table et courut porter la vaisselle à la cuisine. Que fabriquaient les sorcières, bonté divine ? Elles n'étaient jamais là quand on avait besoin d'elles !

Lorsqu'il revint dans la salle à manger, suant à grosses gouttes, ce fut pour constater que le pasteur avait libéré sa cousine... et l'obligeait à jouer à saute-mouton par-dessus son doigt tendu. Elle trépignait de plus belle, folle de rage.

– Vous me paierez ça, Harry Boulding ! piaillait-elle de sa voix de souris.

– Ma chère petite Violette ! glousse le pasteur. Que pouvez-vous me faire, dans l'état où vous êtes ?

– Je piétinerai vos lunettes ! Je ferai exploser votre bouilloire ! Je vous mordrai les oreilles jusqu'à ce que vous imploriez ma pitié !

– Tout doux, tout doux, mon cœur ! En attendant, retournez donc dans votre bouteille !

À cet instant précis, le soleil se coucha et le moral du vicaire sombra avec lui. Ils étaient cuits...

– Aaaaaah ! glapit le révérend.

Car sa cousine souriait de toutes ses dents, maintenant. Et elle grossissait de seconde en seconde, dépassant la bouteille de sirop, atteignant la taille d'une chaise... et redevenant enfin elle-même, debout sur la table, les bras croisés sur son énorme poitrine.

– Aloooors, mon p'tit Harry ! persifla-t-elle d'un air menaçant. On s'est bien amusé, aujourd'hui ?

– A... a... attendez, cousine Violette ! couina le pasteur d'une voix étranglée. Je vais vous expliquer !

Tandis que le vicaire suait sang et eau, terrifié, il eut soudain l'immense joie de voir deux figures de sorcières apparaître au ras de la fenêtre.

Elles grommelèrent quelque chose qui ressemblait à un sortilège, et tout de suite après Mme Sac-à-

Crasses prit un air ahuri.

– Où suis-je ? marmonna-t-elle, éberluée. Que fais-je sur cette table ? Oh, là, là, là, là ! J'ai la mémoire qui flanche... Et je me sens toute bizarre... Aidez-moi à descendre, vous deux !

Le teint virant au vert salade, elle tremblait comme une feuille. Le pasteur et le vicaire l'empoignèrent sans qu'elle esquisse le moindre geste pour se défendre. Puis, gémissant doucement, elle trottina vers sa chambre.

Durant cinq bonnes minutes, Harry Boulding et Tobie Babbercorn restèrent cloués sur place, en état de choc.

– Elle... elle est frappée d'amnésie, balbutia enfin le vicaire. Nous sommes sauvés !

Pour fêter ça, il prépara un thé bien corsé qu'ils savourèrent affalés dans un fauteuil, se remettant peu à peu de leur frayeur.

– Ce fut une journée superbe, mais nous l'avons échappé belle ! soupira le pasteur. Quand elle est redevenue elle-même, j'allais préparer de la crème fouettée dans son meilleur chapeau !

Ils rirent en douce, soulagés. Seul souvenir de cette soirée mouvementée, de minuscules empreintes de pas maculaient le beurre oublié sur la table.

Chapitre 6

Un anniversaire inoubliable

Après cet incident qui avait failli très mal tourner, le reste du mois de novembre s'écoula assez paisiblement à Tramper's End. P'tit-Boudin et Grande-Greluche, qui n'avaient pas envie d'être bannies une seconde fois, s'efforcèrent d'obéir aux ordres du vicaire et de renoncer à leurs tours de magie – même les mieux intentionnés.

Il y eut un seul dérapage à déplorer, le jour où elles voulurent libérer le perroquet empaillé qui ornait le chapeau de Mme Tucker et le changèrent par erreur en vautour déplumé. Cette bévue exceptée, les deux sorcières se comportèrent assez bien et s'installèrent peu à peu dans une routine des plus tranquilles : le jour elles restaient sagement dans leur beffroi, et la nuit elles allaient prendre l'air sur leur balai.

Par moment, Grande-Greluche râlait bien qu'elle s'ennuyait, à être sage tout le temps, mais pas plus que P'tit-Boudin elle n'aurait voulu s'en aller. Par certains côtés, le village leur plaisait énormément : le dimanche matin, par exemple, quand elles s'amusaient comme des folles à se balancer sur les cloches qui sonnaient à toute volée ! Et surtout elles appréciaient la gentillesse du vicaire, qui venait leur rendre visite chaque fois qu'il le pouvait.

Tobie Babbercorn s'était pris d'affection pour elles; il écoutait leurs histoires de l'île aux Sorcières en buvant l'eau de pluie bouillie qu'elles lui offraient en guise de thé et pensait souvent qu'il se sentirait bien seul, sans ses chères sorcières.

Un matin de début décembre, alors que la première neige recouvrait la campagne, P'tit-Boudin déclara :

– Dis donc, Grelu, c'est l'anniversaire de M. Bête-à-corne, aujourd'hui ! Si nous lui faisions un cadeau ?

– Oh, oui, il le faut ! approuva Grande-Greluche. Ce pauvre petit fait peine à voir, ces temps-ci. Cette vieille punaise de Sac-à-Crasses l'affame de plus en plus, et son délicieux sirop lui-même ne parvient plus à le remonter.

– Si seulement on pouvait lui acheter un gros gâteau avec plein de bougies, comme font les humains ! soupira P'tit-Boudin. Mais on n'a pas d'argent.

Elle réfléchit un instant, puis suggéra:

– On ne pourrait pas en chiper un, pour une fois ?

Grande-Greluche secoua son chapeau.

– Pas question ! Il ne serait pas content. Mais attends... je crois que j'ai une idée. Une idée géniale !

Pendant ce temps, Tobie Babbercorn coupait du

bois dans le jardin du presbytère et soufflait sur ses doigts bleuis par le froid. Il était seul : Mme Sac-à-Crasses s'était absentée pour la journée et le pasteur assistait à une réunion en prévision du vide-grenier. Le pauvre vicaire mourait de faim. Il n'avait rien mangé depuis deux jours, mais avant de partir la terrible gouvernante avait mis toutes les provisions sous clé.

– Si l'on m'avait dit que j'en serais réduit un jour à sucer des sachets de thé usagés ! marmonna-t-il. Enfin... Quand j'aurai fini, j'irai voir mes sorcières dans leur beffroi. Elles réussissent toujours à me rendre le sourire.

Soudain, alors qu'il soulevait sa hache pour fendre une autre bûche, il poussa un cri d'effroi : le sol se dérobait sous ses pieds ! Peu après la hache lui tomba des mains et il constata, éberlué, qu'il s'élevait au-dessus du jardin...

– Ça alors ! s'exclama-t-il, le menton au ras de la fenêtre du pasteur. Je vole, ma parole !

Un coup de vent l'emporta au-delà de la cheminée et il se mit à planer au-dessus de la grand-rue tel un cerf-volant noir et blanc.

– Mince, alors ! s'écria Mme Tucker qui balayait son allée. Voilà notre vicaire qui part en goguette !

– Pauvre cher homme... répondit Mme Noggs de l'autre côté de la barrière. Il est si léger ! Et j'ai toujours dit que c'était un ange...

De son côté, Tobie Babbercorn était bien embarrassé.

– Que dois-je faire ? murmura-t-il. Faut-il que je demande à ces dames d'appeler les pompiers ? Je ne peux pas passer le reste de mes jours en l'air !

La réponse vint d'un autre coup de vent qui le propulsa vers le beffroi. Quelques secondes plus tard, il se retrouva assis sur le plancher du clocheton, ses lunettes pendant à l'une de ses oreilles.

– Hi-hi-hi-hi-hi ! s'esclaffèrent les sorcières, gloussant comme des tordues.

– J'aurais dû me douter que vous étiez là derrière, déclara le vicaire en s'efforçant de conserver sa dignité. Qu'est-ce que c'est encore que cette invention ?

– *Joyeux aaaanniversaire ! Joyeux aaaanniversaire !* chantèrent les deux luronnes.

– Mon anniversaire ? s'exclama Tobie. J'avais complètement oublié !

– Pas nous ! répliqua Grande-Greluche. Et pour l'occasion, nous allons vous offrir... des vacances !

– Maintenant que vous savez voler, ajouta P'tit-Boudin, nous allons vous emmener dans un endroit extra. On ne vous dit pas où, c'est une surprise !

– Pourquoi pas ? répondit le vicaire d'un ton rêveur. Je n'ai pas pris de congés depuis des années. Je crois qu'une journée loin d'ici me ferait un bien fou, en effet.

– Youpi ! glapit Grande-Greluche. C'est parti !

Elle aida Tobie Babbercorn à s'installer sur le balai de P'tit-Boudin, lui recommanda de bien s'accrocher... et le trio s'envola.

Après quelques sueurs froides, surtout quand ils traversèrent de gros nuages gris gonflés de pluie pour se hisser au-dessus, le vicaire se sentit vite réchauffé et tout ragaillardi. Ils fendaient l'azur à une vitesse supersonique – il en eut la preuve quand ils doublèrent un avion à réaction et qu'il vit la tête médusée du pilote à travers la vitre de la carlingue. Il ne savait pas du tout où ils étaient, mais il faisait de plus en plus chaud, si bien qu'il se débarrassa tour à tour de sa veste, de son écharpe et de son pull-over. Puis la mer de nuages se dissipa au-dessous d'eux et soudain, ébloui, il découvrit une immense étendue bleu foncé qui étincelait comme un saphir sous un soleil de feu.

– On est arrivés ! annonça P'tit-Boudin.

Enveloppé d'une bouffée d'air chaud, Tobie ferma les yeux. Quand il les rouvrit, il en resta muet de ravissement : il se trouvait sur une merveilleuse plage de sable blanc, moelleuse comme du duvet ; des vaguelettes clapotaient doucement au pied de cocotiers élancés et de bouquets d'arbres croulant sous les fruits exotiques. Comme il regardait autour de lui, fasciné, les sorcières l'observaient avec anxiété.

– Ça vous plaît ? demanda enfin Grande-Greluche.

– Oh, les filles… C'est magnifique ! s'écria le vicaire. C'est le plus beau cadeau d'anniversaire qu'on m'ait jamais fait !

P'tit-Boudin devint vert foncé de plaisir, tandis que le toupet mauve de Grande-Greluche crépitait de fierté. C'était la première fois qu'elles offraient un cadeau à quelqu'un (ça ne se faisait pas, sur l'île aux Sorcières), et l'impression était fantastique.

– Restaurons-nous, dit P'tit-Boudin. J'ai l'estomac dans les talons.

Volant d'arbre en arbre sur leur balai, les sorcières amassèrent des piles de noix de coco, d'ananas, de papayes, de pamplemousses et de bananes. Les doigts ruisselants de jus sucrés, tous trois se goinfrèrent à en éclater.

« Dire que ce matin encore je m'éreintais dans le jardin du presbytère, pensait Tobie, et que maintenant je suis sur une île de rêve ! Le ciel bénisse ces sorcières ! »

Ils passèrent l'après-midi à jouer dans le sable, à faire les fous dans l'eau ou à se dorer au soleil. Ils bâtirent des châteaux, se servant des deux grands chapeaux noirs en guise de seaux. Puis Boud' et Grelu apprirent au vicaire à jouer au magic-foot avec un ballon invisible, et lui concoctèrent un gâteau plein de grumeaux. Enfin, quand le soleil tropical devint rouge sang, le vicaire soupira :

– Je crains qu'il ne faille rentrer, les filles...

Tristement il rajusta son col blanc, songeant au village anglais pluvieux et venté, au presbytère plein de courants d'air et à l'horrible Mme Sac-à-Crasses qui l'attendaient au retour.

– Si on restait ici ? proposa soudain Grande-Greluche.

– Oui, on n'a qu'à se construire une jolie petite cabane dans un arbre ! renchérit P'tit-Boudin. Ce serait drôlement chouette, non ?

Tobie Babbercorn secoua la tête.

– Restez si vous voulez, mais moi je dois rentrer.

– Pourquoi, si ça ne vous plaît pas ? répliqua Grande-Greluche.

– Mes paroissiens ont besoin de moi, sans parler de ce pauvre révérend Boulding. Ce serait affreusement méchant de ma part de le laisser seul avec sa cousine.

– Nom d'un pétard ! s'exclama P'tit-Boudin. Ce n'est vraiment pas marrant, d'être gentil !

Une pensée inquiétante traversa alors l'esprit de Grande-Greluche.

– Dites... Est-ce que par hasard vous préféreriez rentrer sans nous ?

Le vicaire se mit à rire.

– Pas du tout ! Vous êtes mes meilleures amies !

Les deux sorcières rayonnèrent, très fières de l'honneur qu'il leur faisait.

– Bon. Alors allons-y, déclara Grelu. De toute façon, notre beffroi m'aurait manqué.

– Moi, cette cabane ne m'aurait pas déplu... bougonna P'tit-Boudin.

– Comme disent les humains, « on n'est jamais mieux que chez soi », conclut le vicaire.

– D'accord, admit Boud' dont la bouille verte reprit tout son éclat. Je me contenterai du beffroi... à condition d'y ramener quelques douceurs.

Elles emplirent leur chapeau de fruits, tandis

que Tobie fourrait dans sa chemise le plus gros ananas qu'il avait pu trouver pour l'offrir au pasteur. Puis, quand la nuit tomba sur la délicieuse petite île, ils enfourchèrent les balais et s'envolèrent.

Il avait encore neigé sur Tramper's End, au cours de l'après-midi. L'air était glacé, et les baies rouges des houx brillaient sous la lune dans les buissons givrés. Dès qu'ils se furent posés dans le beffroi, le vicaire dit en bâillant :

– Je ne vous remercierai jamais assez pour cette superbe journée, les filles. Je me sens dix ans de moins !

– Si seulement on pouvait faire ça tous les jours... soupira P'tit-Boudin.

– Courage, Boud' ! lança Tobie. Songe à tous les jeux qui t'attendent, dans cette belle neige blanche ! Demain, je vous apprendrai à faire des glissades.

Requinquées par cette idée, les sorcières lui sautèrent au cou, puis elles le laissèrent partir.

– Il avait l'air content, non ? demanda P'tit-

Boudin, rêveuse. C'était super, de le voir s'amuser et rire aux éclats !

– Tu sais quoi, Boud' ? répliqua Grande-Greluche. C'est pas si mal, finalement, de faire plaisir à des gens qu'on aime bien ! Et si c'est ça, être gentil, je commence à penser que ça ne me déplaît pas !

Le lendemain matin, attablé dans la cuisine devant les dix corn-flakes auxquels il avait droit (pendant que sa cousine, à côté, dégustait un plantureux petit déjeuner), le pasteur déplia son journal.

– Écoutez ça ! « *Un pilote prétend avoir vu voler un curé* » ! Qu'est-ce qu'ils ne vont pas inventer...

Secouant sa tête chauve, il regarda le vicaire et se redressa, surpris:

– Ma parole, Tobie ! Quelle mine vous avez ! Si nous n'étions pas en décembre, je jurerais que vous avez pris un coup de soleil !

– J'ai quelque chose pour vous... chuchota le jeune homme. Un ananas.

– Un ananas? s'exclama Harry. D'où le sortez-vous ?

– Ne posez pas de questions, on ne vous mentira pas, répondit Tobie avec un clin d'œil malicieux.

Chapitre 7

Vache de Noël

Noël approchait. Grande-Greluche et P'tit-Boudin suivaient les préparatifs sans en perdre une miette, car elles n'avaient jamais connu ce genre de fête sur l'île aux Sorcières. Le gentil vicaire leur avait trouvé de vieilles guirlandes moisies ; elles en avaient décoré le beffroi et mettaient les bouchées doubles pour préparer le réveillon, entassant les chauves-souris et concoctant des litres de potion « extra-spéciale ».

Chaque soir, quand tout le monde dormait, elles faisaient le tour du village à dos de balai. Fascinées, elles admiraient les vitrines illuminées et les arbres de Noël qui scintillaient dans chaque maison. Une nuit, elles aperçurent sur le mur de la salle des fêtes une affiche qui annonçait : « Concert de Noël à Tramper's End. Public et artistes, venez nombreux ! Tous les talents seront les bienvenus ! »

– Un concert ! s'exclama P'tit-Boudin. Chouette, alors ! J'ai toujours rêvé de voir à quoi ça ressemblait chez les humains !

– J'ai une meilleure idée, déclara comme d'habitude Grande-Greluche. Nous allons y participer et chanter notre grand succès, *L'Abominable Vieille Baleine pourrie.* Je suis sûre qu'ils vont tous se tordre de rire ! Demain, nous en parlerons à M. Bête-à-corne.

Le vicaire n'apprécia pas du tout ce projet.

– Il n'en est pas question ! trancha-t-il d'un ton sec.

Devant l'air blessé de ses amies, il ajouta plus

gentiment :

– Songez un peu au scandale que cela provoquerait, si les gens voyaient arriver deux sorcières !

La mine de P'tit-Boudin et de Grande-Greluche s'allongea encore.

– Ils n'ont pas besoin de savoir que nous habitons ici ! insista la seconde. Vous n'aurez qu'à dire que nous venons d'un autre village !

– Les autres villages *non plus* n'ont pas de sorcières. Oubliez cette idée.

– Méchant ! s'écria P'tit-Boudin. Vous nous empêchez toujours de nous amuser !

– Je suis désolé, Boud', mais c'est comme ça. Vous devez me promettre de ne pas mettre un pied dans la salle des fêtes pendant le concert.

Comme les deux copines protestaient, véhémentes, Tobie leur offrit une petite consolation :

– Je veux bien vous laisser regarder par la lucarne du toit, mais seulement si vous me promettez d'être sages comme des images.

Boudeuses, les sorcières acceptèrent. Le vicaire s'en alla, à demi rassuré. Il ne l'aurait pas été *du tout* s'il avait pu entendre ce qui se tramait dans son dos...

– Ce type n'est qu'un horrible trouble-fête ! ronchonna P'tit-Boudin. Il ne pense qu'à nous gâcher notre plaisir !

De son côté, Grande-Greluche réfléchissait. Et, comme toujours, elle trouva une idée GÉNIALE.

– Nous participerons à ce concert, que ce grand bêta le veuille ou pas, annonça-t-elle.

– Comment ? larmoya P'tit-Boudin. Nous avons donné notre parole que nous n'irons pas !

– Nous irons *par personne interposée*, voilà tout ! gloussa Grande-Greluche. Écoute...

Et elle chuchota son plan dans l'oreille vert pomme de sa copine.

Deux jours plus tard, comme le pasteur et le vicaire préparaient le programme du concert, M. Boulding dit :

– Tiens ! Voilà qui est curieux...

– Quoi ? demanda Tobie qui tapait comme un forcené sur sa machine à écrire.

– Une lettre de Ted Buttercup, le fermier de la

ferme Bloudge. Écoutez, je vous la lis... en vous épargnant les fautes d'orthographe, qui ne manquent pas. « *Chair rêverrant Bouldingue, je vou zinforme que je vœu partissipé au konssair. Insscrivé-moi cil-vou-plé sou le nom de* Divine Floradora. *Mersi et a bientau, M. Buttercup.* » Bizarre, non ?

Trop débordé pour répondre, le vicaire se contenta d'ajouter au programme : « Ted Buttercup dans *La Divine Floradora* ».

Le soir du concert, tout le village se pressait dans la salle des fêtes. Personne n'aurait voulu manquer ce spectacle pour un empire – pas même pour désobéir à Mme Sac-à-Crasses. La tyrannique gouvernante avait exigé que tout le monde soit là et, postée à l'entrée, elle cochait les noms sur sa liste.

Grande-Greluche et P'tit-Boudin, elles, se tenaient près de la porte de derrière. Elles trépignaient d'impatience, jetant des coups d'œil surexcités à la grosse forme noire cachée dans un buisson non loin d'elles.

– Tu te souviens de ce que tu dois faire ? chuchota Grande-Greluche. Quand Mme Tucker annoncera ton nom, tu bondiras sur la scène et...

– Je sais, je sais ! marmonna la mystérieuse intervenante. Ne me troublez pas davantage, je vous prie ! J'ai un trac terrible !

– Viens ! dit P'tit-Boudin en flanquant un coup de coude à son amie. Grimpons sur le toit, ça va commencer.

Elles escaladèrent allègrement la gouttière et se postèrent au bord de la lucarne, se pinçant l'une l'autre tant elles jubilaient.

Le vicaire, qui s'apprêtait à éteindre les lumières, reconnut soudain Ted Buttercup assis au premier rang. « Bizarre ! se dit-il. N'est-il pas prévu au programme ? »

Un horrible pressentiment lui traversa l'esprit. Il leva les yeux vers le plafond, très inquiet, et fut soulagé d'apercevoir la bouille vert fluo de P'tit-Boudin qui brillait à travers la vitre. Qu'allait-il imaginer ? pensa-t-il avec remords. Ses amies les sorcières lui avaient juré d'être sages. Cela dit, qui pouvait bien être la « Divine Floradora » annoncée par le fermier ?

Il n'était plus temps de résoudre ce mystère : le pasteur venait de donner le signal, et Tobie Babbercorn fit le noir dans la salle. Le spectacle allait commencer.

Le révérend Boulding en personne attaqua le tour de chant, accompagné au piano par Mme Tucker. Son « Prosper youp-la-boum ! » fit un triomphe. Puis Violette Sac-à-Crasses vint massacrer une romance fleur bleue que l'assistance applaudit néanmoins à tout rompre, car l'horrible mégère vérifiait la durée de l'ovation sur son chronomètre.

– Ça y est ! C'est à nous ! souffla P'tit-Boudin qui ne se tenait plus de joie.

– Mesdames et messieurs, annonça le pasteur, voici maintenant la surprise de la soirée : la DIVINE FLORADORA que nous allons découvrir avec vous !

La postière plaqua quelques accords retentissants sur son piano... et la mystérieuse inconnue fit son entrée, ébranlant la scène sous son poids.

– Doux Jésus ! s'étrangla M. Boulding, tandis

que des cris étouffés montaient dans la salle.

– NELLIE ! s'exclama Ted Buttercup en se dressant comme un ressort.

Mme Tucker s'était arrêtée de jouer. Les yeux ronds, elle contemplait avec stupeur l'incroyable phénomène qui attaquait ses vocalises, battant de ses faux cils et la bouche en cul de poule. Avec son rouge à lèvres écarlate, sa rose sur l'oreille et la jarretelle en dentelle qui ornait sa cuisse gauche, elle aurait tout eu d'une diva d'opérette s'il ne s'était agi... d'une VACHE !

Tandis que le public la regardait se démener, ahuri et ravi, certains spectateurs grimpant même sur leur chaise pour mieux la voir, le pasteur restait figé, bouche bée. Mme Sac-à-Crasses elle-même en avait le sifflet coupé. Quant au pauvre vicaire, catastrophé, il s'essuyait le front de son mouchoir et cherchait désespérément comment redresser la situation. Les sorcières lui paieraient cet outrage ! se jura-t-il, n'ayant aucun doute sur l'identité des responsables.

Insensible aux perturbations qu'elle semait dans

l'assistance, la Divine Floradora – alias Nellie, vache laitière de son état – continuait joyeusement son numéro de claquettes en chantant à tue-tête avec des trémolos dans la voix.

Ayant enfin recouvré ses esprits, la Terreur de Tramper's End se rua pesamment sur la scène.

– Arrêtez ! tonna-t-elle. Cessez immédiatement cette mascarade !

– Dégage, espèce de mal élevée ! rétorqua Floradora.

Un silence de mort tomba sur la salle. Les villageois mouraient d'envie de rire, mais ils avaient intérêt à se retenir...

– Harry Boulding ! rugit la gouvernante. Videz-moi cette scène sur-le-champ !

Le pasteur s'avança, penaud.

– Ouste ! Allez-vous-en ! ordonna-t-il faiblement.

– Ouste vous-même ! répliqua la vache. Comment osez-vous traiter de la sorte une STAR de mon importance ?

Ted Buttercup grimpa à son tour sur l'estrade, furax.

– Une star de pacotille, oui ! Depuis quand les vaches se prennent-elles pour des vedettes ? Ta place est à l'étable, Nellie !

– Je ne suis plus votre vache, MÔSSIEUR ! Je suis une artiste et j'ai des imprésarios !

La colère du fermier enfla de plus belle.

– File plutôt ôter cette peinture, fille de mauvaise vie ! Tu vas faire tourner ton lait, à force de te trémousser !

– NOOOOON ! meugla Nellie.

Voyant que la situation était sans issue, Tobie Babbercorn s'éclipsa en douce... et tomba sur les deux sorcières qui venaient de descendre du toit, prêtes à prendre la poudre d'escampette.

– Restez là ! ordonna-t-il.

P'tit-Boudin et Grande-Greluche s'immobilisèrent.

– J'espère que la honte vous étouffe ! reprit le vicaire. Sachez que vous m'avez terriblement déçu.

Elles baissèrent le nez, contrites et le cœur serré, mais ce qui était fait était fait.

– J'exige que vous répariez sur-le-champ le

préjudice causé à ce malheureux fermier ! poursuivit Tobie. Quelle idée, de tourner la tête à sa meilleure vache laitière ? Faites-moi disparaître ce sortilège, et que ça saute !

Les sorcières faisaient une mine de dix pieds de long.

– C'était pour vous donner une leçon, marmonna P'tit-Boudin. Parce que vous n'aviez pas été gentil avec nous.

– La seule leçon que vous m'avez donnée, vilaines filles, c'est que je n'ai plus confiance en vous ! Vous allez me suivre, maintenant, et gare à vous si cette vache parle encore dans cinq minutes, c'est compris ?

Là-dessus, il empoigna les deux coupables par leurs mains osseuses et les tira jusqu'à l'entrée de la salle, où il les planta dans un buisson de laurier-sauce.

– Au travail, et que personne ne vous voie !

Sur l'estrade, Ted Buttercup s'efforçait de convaincre la Divine Floradora de ne pas partir pour Hollywood comme elle venait de l'en menacer.

– Si tu pars maintenant, Nellie, tu vas gâcher notre Noël ! Aurais-tu le cœur de faire ça ? implora-t-il.

La diva poussa un gros soupir.

– Si vous me prenez par les sentiments... marmonna-t-elle. Je crois que je me suis laissé emporter par d'absurdes rêves de gloire. Ramenez-moi dans mon pré, Ted. Toutes ces émotions m'ont épuisée.

Ouf ! se dit le vicaire, rassuré. La réparation semblait en bonne voie.

– Bonne fille, déclara le fermier d'un ton ému, en appliquant une tape affectueuse sur la croupe de sa vache. Tu peux te vanter de m'avoir fait peur !

Sur un signe discret de Tobie, Grande-Greluche et P'tit-Boudin achevèrent leur mission... et Floradora émit un meuglement qui n'avait plus rien de divin.

– Enfin ! soupira Ted Buttercup en essuyant son visage couvert de sueur. Rentrons chez nous, Nellie. Il faut te reposer.

Tandis que le fermier et sa famille reconduisaient leur vache au bercail, Grande-Greluche tira le vicaire par la manche.

– Ce n'est pas parce que nous vous avons obéi que nous vous avons pardonné ! grinça-t-elle. Nous n'avons rien à faire d'un vicaire qui ne comprend pas la plaisanterie. Vous n'êtes plus notre ami !

– BOUH ! fit P'tit-Boudin. Allez vous faire voir ailleurs ! Vous n'êtes plus notre copain !

Avec un bel ensemble, elles lui tirèrent la langue et s'évaporèrent. Tobie Babbercorn regagna le presbytère, le cœur lourd. Il avait eu raison de se montrer sévère, certes, mais qu'allait-il devenir sans ses sorcières ?

Chapitre 8
Commando de choc

Le sermon du vicaire, même mérité, avait sérieusement secoué les sorcières. Elles boudèrent pendant trois jours, enfermées dans leur beffroi, espérant qu'il finirait par grimper les cent quatre-vingt-six marches pour venir s'excuser. Mais il ne vint pas.

– Qu'est-ce que je t'avais dit ? persifla Grande-Greluche. Il ne nous aime plus, c'est tout ! Ce type est un ingrat. Redevenons d'affreuses chipies, ça lui apprendra !

– Tu as raison, opina P'tit-Boudin. Faisons les pires bêtises, ça l'obligera à remonter nous voir !

Dès que la nuit tomba, elles se lancèrent dans une sarabande digne des plus beaux sabbats de l'île aux Sorcières. Elles se déchaînèrent, criant des insultes dans les cheminées, lançant des boules de neige contre les fenêtres, mais bizarrement ces sottises les amusèrent moins qu'elles s'y attendaient. Elles auraient bien voulu finir sur une partie de « lessive-arrosée », mais par un soir de décembre glacé, les étendages étaient vides et les cibles manquaient. Et quand elles rentrèrent, déprimées, ce fut pour constater que le vicaire ne se dérangeait toujours pas.

– Il va falloir forcer la dose ! ronchonna Grande-Greluche. Qu'est-ce qu'on pourrait bien inventer, pour le mettre hors de lui ?

P'tit-Boudin soupira.

– Je ne sais pas... Et tu as beau dire, Grelu, ce cher Bête-à-corne me manque. Si on allait le voir, nous ?

– Et puis quoi, encore ? riposta sa copine, pour la forme. C'est à lui de s'excuser le premier !

– Et s'il ne revient jamais ? se lamenta P'tit-Boudin. Je crois que je ne le supporterai pas...

– Oh, ça va ! rouspéta Grande-Greluche, trop heureuse de pouvoir céder sans perdre la face. Cesse de pleurnicher, c'est insupportable ! Si ça peut te calmer, nous irons le voir ce soir. Après tout, Noël approche et je ne tiens pas à ce que tu me gâches mon réveillon !

– Hourrah ! s'écria P'tit-Boudin, subitement revigorée. Tu es une vraie copine, Grelu !

Le soir venu, elles foncèrent au presbytère dès que la grand-rue fut vide et planèrent devant la fenêtre du vicaire.

– Mince, alors ! souffla P'tit-Boudin. Tu vois ce que je vois, Grelu ?

Éclairé par un rayon de lune, le vicaire gisait sur son lit, plus maigre et plus pâle qu'elles l'avaient jamais vu.

– Oui, je vois ! Ce pauvre petit n'est plus que l'ombre de lui-même ! Il faut agir, Boud' !

D'un coup de balai, Grande-Greluche ouvrit la fenêtre de la mansarde et se rua au chevet du jeune homme, suivie de P'tit-Boudin.

– Cher Bête-à-corne ! s'écria-t-elle. Qu'avez-vous ?

Le vicaire ouvrit les paupières.

– C'est vous ? demanda-t-il faiblement. Je suis content de vous voir, sorcières, mais vous ne pouvez rester. Vous êtes en danger.

– Nous sommes venues vous demander pardon, dit P'tit-Boudin d'une voix fluette. Nous serons toujours sages, désormais. Pas vrai, Grelu ?

– Ou... oui ! hoqueta Grande-Greluche.

– Je suis très malade, mes amies, murmura le jeune homme. Mme Sac-à-Crasses a fini par triompher... Elle m'a empoisonné et je m'affaiblis de jour en jour. Je suis heureux de vous avoir connues. Prenez soin du pasteur, quand je ne serai plus là...

– Ça va pas ? protesta P'tit-Boudin. Nous allons vous ramener dans votre île. Nous vous construirons une petite cabane, et vous serez d'aplomb en un rien de temps !

Tobie secoua la tête sur son oreiller.

– Non, ce n'est plus la peine... Adieu, mes sorcières bien-aimées. Soyez sages et ne m'oubliez pas.

De grosses larmes roulaient sur les joues fripées des sorcières lorsqu'elles regagnèrent le beffroi. Elles regrettaient amèrement de s'être fâchées avec leur ami, maintenant.

– Si seulement on pouvait l'aider ! sanglota P'tit-Boudin. Il nous a appelées ses « sorcières bien-aimées » ! Bou-ou-ou-ou-ou !

– Arrête de beugler ! tonna Grande-Greluche. Je cherche une idée !

– Tu ne trouveras jamais... geignit sa copine. Il n'existe pas de sortilège assez puissant pour lutter contre ce genre de poison, pas même dans le grimoire des Bas-Violets ! Bou-ou-ou-ou-ou !

– LA PAIX ! glapit Grande-Greluche. J'AI TROUVÉ ! ! ! Il nous faut la recette secrète de cette vieille bique de Cadabra !

Les pleurs de P'tit-Boudin cessèrent instantanément. De verte, sa figure ronde était devenue jaune citron.

– Tu débloques, ou quoi ? Cette recette se trouve dans son grimoire privé, qui ne sort jamais de chez elle !

– C'est notre seul espoir, affirma Grande-Greluche.

– Mais comment veux-tu faire, Grelu ? gémit P'tit-Boudin qui tremblotait comme un gros tas de gelée.

– Il faut retourner sur l'île aux Sorcières et s'en emparer, voilà tout. Cette nuit. Nous nous glisserons dans sa chambre pendant qu'elle ronflera, nous copierons la formule et le tour sera joué. Elle ne saura même pas que nous sommes passées.

– Et ses gardes ?

– Nous leur ficherons une beigne et nous les ficellerons comme des saucissons.

– Tu veux ficher une beigne à... à ces mastodontes de Bas-Violets qui gardent le palais ? hoqueta P'tit-Boudin.

– Si tu ne veux pas venir, dis-le ! J'irai seule !

P'tit-Boudin se souvint du charmant petit nom

que le vicaire leur avait donné, et son courage lui revint.

– Tu as raison, accorda-t-elle. Il faut risquer le tout pour le tout... même si on doit nous écrabouiller le nez, ajouta-t-elle d'une voix vacillante.

La nuit était glaciale et noire comme un four. Le cœur tambourinant, les deux sorcières se mirent en route pour sauver leur ami. Jamais le petit village anglais ne leur avait paru si douillet ni si attachant. Jamais non plus la terrible M'ame Cadabra ne leur avait paru si terrifiante.

Après quelques heures de vol supersonique, elles virent pointer les sinistres sommets de l'île aux Sorcières. Elles se posèrent sans bruit sur la plage charbonneuse la plus proche du palais et cachèrent leurs balais sous des rochers d'un noir de suie. Revenir dans cet endroit qu'elles ne pensaient pas revoir avant cent ans leur faisait un effet bizarre, mais elles n'avaient rien oublié et connaissaient par cœur les moindres trous à rats.

L'entrée de la caverne royale était gardée par quatre Bas-Violets super-mastocs, armées chacune d'une torche crépitante.

– Il y a d'autres gardes à la porte de derrière, chuchota Grande-Greluche. Il va falloir passer par la cheminée.

– On est vraiment siphonnées, pour faire un truc pareil ! bougonna P'tit-Boudin.

Elle n'en suivit pas moins son amie, escaladant derrière elle les parois abruptes et accidentées de la caverne. L'ascension fut aussi rude que pénible. Lorsqu'elles arrivèrent en haut, à bout de souffle, elles étaient en piteux état.

– Crotte de bique ! s'étrangla P'tit-Boudin, à moitié asphyxiée par la fumée. Le feu est encore allumé, on va griller comme des saucisses !

– Il faut tâcher d'atterrir dans le seau à charbon, décréta Grande-Greluche. Ne fais pas ta poule mouillée, Boud' ; ce n'est pas le moment.

– Poule mouillée, moi ? Je vais te faire voir ! riposta sa copine en l'empoignant par la main. Une... deux... trois... On y va ! crièrent-elles en chœur.

Intrépides, elles sautèrent avec un bel ensemble dans le conduit royal. La chance voulut qu'elles atterrissent non dans le seau à charbon, comme prévu, mais sur la vieille Bas-Violet qui ronflait près du feu. Cette grosse gourde, aplatie comme une crêpe, n'eut même pas le temps de se réveiller. C'était un bon début, et les deux aventurières en furent toutes ragaillardies.

– Jusque-là, c'est parfait, dit Grande-Greluche. Maintenant, à l'assaut de la chambre de Sa Majesté !

Elles suivirent sur la pointe des orteils de longs couloirs suintants taillés dans le rocher, se guidant sur les ronflements tonitruants de la reine qui ébranlaient le sol sous leurs pieds.

Quand elles approchèrent du lieu sacré où roupillait M'ame Cadabra, leurs dents claquaient comme des castagnettes et elles ne faisaient plus les fiérotes. Quatre autres sentinelles grosses comme des mammouths montaient la garde devant la grotte, leur horrible face barbue luisant à la lueur des torches.

– C'est impossible ! gémit P'tit-Boudin.

– Chuuut ! souffla Grande-Greluche. Je réfléchis !

À ce moment-là, d'un lointain recoin de la caverne, une voix cria : « Il est deux heures du matin et tout va bien bien... bien... bien... bien... bien... »

En entendant la fin de la phrase résonner sans fin contre les rochers, et se répercuter dans tous les coins comme si elle sortait de mille bouches à la fois, Grande-Greluche sauta de joie.

– J'ai trouvé ! chuchota-t-elle. Viens !

Rudement, elle tira P'tit-Boudin dans une fente, entre deux rochers.

– Ouille ! se plaignit celle-ci. À quoi tu joues ?

Sa stupeur et sa terreur ne connurent plus de bornes quand sa copine, relevant le bord de son chapeau, se mit à crier à tue-tête:

– Au secours ! Des voleurs ! À l'aide ! Des cambrioleurs ! Des sangsues ! Des crocodiles !

Sa voix montait, descendait, envahissait la caverne tout entière comme si des centaines de Grandes-Greluches piaillaient à la fois. L'effet produit sur les quatre gardes fut spectaculaire.

– Par ici !

– Non, par là !

– De ce côté, je te dis !

Les Bas-Violets s'éparpillèrent dans quatre directions différentes, laissant sans protection l'entrée de la grotte. Dans la seconde qui suivit, P'tit-Boudin et Grande-Greluche se faufilèrent sous le rideau en toiles d'araignées.

– Beurk ! fit Grande-Greluche.

M'ame Cadabra ronflait sur son gigantesque lit de granit, les plis de son énorme bedaine ruisselant comme de la graisse de baleine. L'horrible reine était encore pire que dans leur souvenir. Seule la pensée du pauvre vicaire put empêcher les deux sorcières de déguerpir, les jambes à leur cou.

Dans un recoin ténébreux se dressait une table de pierre, et sur la pierre reposait un livre impressionnant. Elles ne l'avaient jamais vu, mais elles savaient parfaitement qu'il s'agissait du livre le plus terrible de la terre, LE GRIMOIRE PRIVÉ DE LA REINE DES SORCIÈRES.

Aussi silencieusement que possible, Grande-Greluche ouvrit l'énorme recueil et commença à éplucher l'index des sorts, maléfices et autres formules magiques. Ce n'était pas facile, car les pages fines et raides craquaient horriblement. Enfin, elle trouva ce qu'elle cherchait.

– Page 7 777 776, la Recette Secrète de M'ame Cadabra ! annonça-t-elle à mi-voix, l'air solennel.

– Crotte de crotte ! marmonna P'tit-Boudin qui regardait par-dessus son épaule. On n'a pas fini !

Elles avaient espéré lire la recette en diagonale et la retenir par cœur, mais elle tenait une page entière, rédigée en pattes de mouches !

– Je ne vois qu'une solution, déclara P'tit-Boudin avec témérité. Il faut arracher la page et l'emporter.

– C'est parti !

Grande-Greluche déchira la page d'un coup sec, la plia avec soin et la glissa dans ses guenilles.

– Voilà qui est fait !

– BIEN DIT ! tonna derrière elles une voix de stentor. Mais c'est vous qui êtes faites, mes petites chéries ! Faites comme des rats ! Joyeux retour sur l'île aux Sorcières, misérables fripouilles !

M'ame Cadabra s'était redressée contre ses oreillers en béton, et des étincelles jaillissaient de sa bouche édentée. P'tit-Boudin et Grande-Greluche glapirent d'effroi.

– Je vais vous faire bouillir dans de l'huile ! rugit la reine. Mais auparavant, je vais vous changer en limaces ! Rendez-moi cette page, avant de la remplir de bave !

Déjà elle brandissait une hideuse main desséchée, et déjà les deux complices imaginaient le pire. Tous ces efforts pour être changées en limaçons ! Puis, tout à coup, P'tit-Boudin poussa un hurlement :

– Elle ne peut rien contre nous, elle n'a pas son chapeau ! Cours, Grelu, cours !!!

– Gardes ! tonna encore la reine. Où sont passées mes gardes ?

Grande-Greluche fit alors une chose extrêmement courageuse : elle fonça au pied du lit, chipa le Chapeau Tout-puissant accroché à un montant – avec sa chandelle qui brûlait au sommet – et se l'enfonça sur la tête.

M'ame Cadabra devint d'un gris de cendre, après quoi elle s'effondra sur son lit dans un grand bruit, évanouie. C'était son chapeau, qui faisait d'elle la reine des sorcières. Sans lui, elle n'était plus qu'une Bas-Violet ordinaire ; son règne impitoyable était terminé.

Les deux sorcières détalèrent dans les couloirs ruisselants d'humidité, clamant leur victoire.

Des hordes de gardes se ruaient à leur rencontre pour reculer, terrifiées, dès qu'elles apercevaient la bougie qui brillait sur le chapeau magique.

– On a réussi ! hurlait P'tit-Boudin. On a réussi !

Elles coururent jusqu'à la plage, sautèrent sur leur balai et s'éloignèrent de l'île à la vitesse de l'éclair.

Lorsqu'elles furent en plein océan, Grande-Greluche ôta le Chapeau Tout-puissant et le jeta dans les flots. P'tit-Boudin en eut un tel choc qu'elle faillit en lâcher son balai.

– T'es malade, ou quoi ? Tu aurais pu être la nouvelle reine de l'île aux Sorcières, avec ça !

– Peuh ! rétorqua sa copine avec mépris. Que ces vieilles biques se débrouillent entre elles. Je ne remettrai plus les pieds dans cet endroit pourri.

– Tu veux dire qu'on ne quittera plus jamais Tramper's End ? s'exclama P'tit-Boudin, radieuse.

– Exactement. Mais si tu veux mon avis, nous risquons d'arriver trop tard, répondit Grande-Greluche, lugubre.

Chapitre 9

La fin des embrouilles

Il ne restait plus qu'une heure de nuit quand les deux héroïnes revinrent à Tramper's End. En toute hâte, elles écumèrent prairies et buissons afin de réunir les ingrédients nécessaires à la Recette Secrète de M'ame Cadabra. Et certains ne se trouvaient pas dans la nature !

– Une rognure d'ongle d'orteil de sacristain... lut P'tit-Boudin, les sourcils froncés.

– Fonçons chez M. Noggs ! commanda

Grande-Greluche.

Elles se glissèrent dans la chambre du sacristain, qui ronflait paisiblement près de son épouse. P'tit-Boudin baragouina rapidement un sort très simple (du niveau Bas-Jaune) pour l'empêcher de se réveiller, Grande-Greluche souleva le bout de sa couette, cassa l'ongle de son gros orteil – et le tour était joué.

– Un cheveu de jeune fille amoureuse, poursuivit P'tit-Boudin en virant au vert bouteille.

Grande-Greluche la fusilla de ses yeux de braise.

– Dis donc, toi ! Est-ce que par hasard...

– Mêle-toi de ce qui te regarde ! coupa P'tit-Boudin. Et d'abord, je suis chauve !

– Ouais... grommela sa copine. On réglera ça plus tard. Filons chez les Tucker. Leur fille Belinda doit bientôt épouser le sergent Cracker.

Quand ce fut fait, il ne leur restait plus qu'à se procurer « un timbre-poste léché par une personne au cœur noir ».

– Fastoche ! s'exclama Grande-Greluche. Je sais où l'on peut trouver ça !

– Chez Mme Sac-à-Crasses ! cria P'tit-Boudin.

Enfourchant leur balai, elles volèrent jusqu'à la fenêtre de la gouvernante qui ronflait comme un avion à réaction sous sa couette rose ; sur sa table de nuit trônait un énorme gâteau au chocolat à moitié dévoré.

– Récite le sortilège soporifique pendant que j'ouvrirai la fenêtre, commanda Grande-Greluche à mi-voix. Elle doit bien avoir un timbre quelque part... Il suffit de mettre la main dessus et de le lui passer sur la langue.

– Berk ! grommela P'tit-Boudin. Ne compte par sur moi pour me charger de ça !

Elles n'eurent pas besoin d'en arriver là : une lettre prête à expédier était posée sur le secrétaire, le timbre déjà en place. Grande-Greluche le décolla prestement et elles rentrèrent en trombe dans leur beffroi. Il était temps : le soleil se levait.

– Nom d'un hérisson ! s'exclama Grande-Greluche. Nous n'avons pas de chaudron ! Tant pis, ton chapeau fera l'affaire.

Elles travaillèrent d'arrache-pied toute la matinée.

En début d'après-midi, exténuées, elles reniflèrent l'abominable mixture qui glougloutait dans le chapeau de P'tit-Boudin et se déclarèrent satisfaites.

– C'est bon, Boud' ! On y va ! déclara Grande-Greluche. Et tant pis si on nous voit : c'est un cas de force majeure.

En fait, elles ne rencontrèrent pas une âme quand elles parcoururent en trombe la grand-rue du village, tenant le précieux chapeau à deux mains : tout le monde avait été convoqué d'autorité au vide-grenier par Mme Sac-à-Crasses. Elles s'engouffrèrent dans le presbytère, tremblant d'anxiété, et trouvèrent le vicaire tel qu'elles l'avaient laissé la veille, si pâle et si immobile qu'elles craignirent le pire.

– Réveillez-vous ! cria P'tit-Boudin. C'est nous ! Nous sommes revenues vous guérir !

Tobie Babbercorn n'émit qu'un gémissement.

– Par la barbe de M'ame Cadabra ! ronchonna Grande-Greluche. Ces humains sont vraiment de petites natures !

Saisissant le menton du vicaire, elle lui fit

ingurgiter de force quelques gouttes du remède miracle. Puis, retenant leur souffle, elles attendirent.

– Ça ne marche pas ! pleurnicha P'tit-Boudin.

– Si ! siffla Grande-Greluche. Regarde !

Peu à peu, le jeune homme reprenait des couleurs. Ses joues rosirent, rougirent... et devinrent aussi rondes que deux belles pommes. Ses pauvres cheveux filasse se mirent à briller, blonds et drus comme les blés. Enfin, des muscles superbes apparurent sur ses bras, son torse et ses jambes, si gonflés qu'ils menaçaient de faire craquer la toile de son pyjama.

– Juste ciel ! s'exclama-t-il en sautant à bas de son lit, éclatant de santé. Je me sens en pleine forme !

Même sa voix avait changé ! constatèrent les sorcières médusées. Saisies par le pouvoir stupéfiant de la potion qu'elles avaient concoctée, elles se plaquèrent contre le mur.

– Quelle splendide journée ! lança le vicaire.

Il ouvrit la fenêtre toute grande, avec une telle vigueur qu'elle lui resta dans les mains. Alors

Grande-Greluche et P'tit-Boudin sortirent enfin de leur torpeur.

– Hourra ! glapirent-elles en entamant une danse triomphale. Ça a marché !

– Mes chères petites sorcières... déclara Tobie de sa belle voix grave. Comment avez-vous fait ? Et comment pourrai-je jamais vous remercier ?

Là-dessus, il les souleva d'une seule main, si vigoureusement qu'elles se cognèrent la tête contre le plafond. Quand elles se retrouvèrent sur leurs pieds, un peu sonnées, les sorcières lui résumèrent rapidement leur expédition chez M'ame Cadabra. Le vicaire en fut si ému que de grosses larmes roulèrent sur ses joues rondes.

– Vous avez pris tous ces risques à cause de moi ! s'écria-t-il.

– Oui, parce que vous êtes notre ami ! répondit fièrement P'tit-Boudin. Le premier que nous avons jamais eu. Pas vrai, Grelu ?

– Vous allez pouvoir rosser cette punaise de Sac-à-Crasses, maintenant ! déclara Grande-Greluche. Ma parole ! Cette potion est de la vraie dynamite !

Nous n'en avons utilisé que quelques gouttes, et il en reste des litres !

– Des litres, dites-vous ? répéta le vicaire pensif. Venez avec moi, j'ai une idée.

Il cueillit les sorcières comme si elles ne pesaient pas plus lourd qu'une plume et les jucha sur ses épaules pour descendre l'escalier. Alors qu'ils traversaient le palier du premier, ils entendirent Mme Sac-à-Crasses qui gloussait dans sa chambre et chantait d'une voix éraillée :

– *Le vicaire est empoisonné, me voilà bien débarrassée ! Hé, hé, hé ! Plus de vilain petit vicaire, me voilà libre comme l'air !*

– C'est ce que nous allons voir ! déclara Tobie d'un ton déterminé.

Il se rendit à la salle paroissiale, où dans une ambiance lugubre les villageois erraient par petits groupes tristes et silencieux. Assis derrière un stand de bric-à-brac, le pasteur reniflait, la larme à l'œil, rongé d'inquiétude pour son pauvre vicaire. Quand ce dernier parut, une sorcière sur chaque épaule, son entrée provoqua un vrai cataclysme.

– Tobie ! s'écria M. Boulding qui se leva d'un bond, envoyant valdinguer un cruchon en grès baptisé « Souvenir de Buckingham Palace ». C'est vous ?

– Oui, sans erreur possible ! répondit le vicaire en déposant délicatement ses protégées sur le plancher.

Les villageois le contemplaient, bouche bée et les yeux ronds, comme s'ils avaient affaire à un revenant.

– Mais... mais... mais... je vous ai laissé mourant dans votre lit, ce matin ! bredouilla le pasteur.

– Eh bien je suis guéri ! Je me sens même en super-forme, la preuve ! ajouta le jeune homme en soulevant la table et en la brandissant au-dessus de sa tête.

– Ça alors ! s'exclama le révérend. Vous qui n'étiez qu'une mauviette, vous voilà maintenant aussi fort que Superman ! Quel plaisir vous me faites !

Submergé par l'émotion, il se moucha bruyamment.

– Ma guérison est due à ces jeunes filles que je vous présenterai tout à l'heure, déclara le vicaire.

Mais pour l'instant nous avons mieux à faire : vous allez tous boire une tasse de thé pour vous requinquer, et quand Mme Sac-à-Crasses arrivera nous la jetterons dehors à jamais !

Des exclamations incrédules fusèrent dans la foule. « Il a perdu la tête ! Il nous promet la lune ! Chasser ce tyran ? C'est impossible ! Quel rêve ce serait, de retrouver notre bon vieux Tramper's End d'antan ! »

Au milieu de tout ce tumulte, Grande-Greluche et P'tit-Boudin n'avaient pas perdu de temps : elles avaient versé la Recette Secrète de M'ame Cadabra dans le thé fourni par la gouvernante – du vrai jus de chaussettes – et commençaient déjà la distribution. Malgré l'horrible odeur d'œuf pourri qui montait de l'énorme théière, les villageois s'étaient docilement mis en rang, trop ahuris pour songer à protester.

– Qui sont donc ces deux vieilles en haillons ? chuchota Mme Noggs à Mme Tucker. On dirait presque... une paire de sorcières ! ajouta-t-elle avec un frisson.

À deux heures et demie tapantes, la gouvernante arriva, toute frétillante. Elle chantonnait gaiement, se demandant déjà quelle robe elle mettrait pour l'enterrement du vicaire. À peine eut-elle franchi le seuil qu'elle se figea, saisie : les gens qu'elle terrorisait depuis des mois étaient tous là, en cercle, mais au lieu de trembler devant elle, ils souriaient jusqu'aux oreilles !

Une légère inquiétude envahit l'énorme mégère – et son malaise s'accrut quand elle vit s'avancer le pasteur... flanqué d'un superbe jeune homme blond à la carrure d'athlète.

– *Hein???* glapit-elle. *VOUS???*

– Pour vous servir, madame, répondit malicieusement le vicaire.

Violette Sac-à-Crasses s'étrangla de rage et de stupeur. Elle était verte.

– Je vais porter plainte ! couina-t-elle. C'est une honte ! Le charlatan qui m'a vendu ce poison m'a arnaquée ! J'exige d'être remboursée !

– Taisez-vous ! ordonna le pasteur.

– Qu... qu... quoi ? bégaya Mme Sac-à-Crasses.

– Vous m'avez entendu, cousine Violette. Je vous ai demandé de vous taire, répéta posément le révérend. Cela fait trop longtemps que vous nous persécutez, mais le vent a tourné : désormais, c'est moi qui fais la loi !

– Oui ! Oui ! Bravo ! crièrent les villageois en applaudissant à tout rompre.

– Ah, c'est comme ça ! riposta la gouvernante en remontant ses manches. Vous allez voir de quel bois je me chauffe, tous autant que vous êtes ! Qui commence ?

– À L'ATTAQUE ! commanda le pasteur.

Avant que la terrible harpie ait compris ce qui lui arrivait, le village au complet se rua sur elle comme un bulldozer et la fit rouler par terre, la frappant, la pinçant, lui tirant les cheveux et tordant ses fixe-chaussettes jusqu'à ce qu'elle crie miséricorde.

– Arrêtez ! piailla-t-elle. Je ferai tout ce que vous voudrez !

– Vous avez fait régner la terreur sur ce village, Violette, mais votre règne est terminé ! déclara

Harry Boulding. Vous allez faire vos bagages sur-le-champ et quitter Tramper's End à tout jamais. Et si par malheur vous tentez d'y remettre les pieds...

– C'est bon, j'ai compris ! coupa Mme Sac-à-Crasses d'un air mauvais. Pas la peine de me faire un dessin, Harry, je m'en vais. Mais vous me regretterez, je vous le dis !

Elle sortit, et pour la dernière fois le martèlement de son 46 fillette retentit dans la grand-rue. Après quelques instants d'un silence stupéfait, quelqu'un cria :

– Pour M. Babbercorn, hourra ! Hourra ! Hourra !

Tout le monde reprit en chœur, et les acclamations furent si vibrantes que la vaisselle du bric-à-brac s'entrechoqua sur la table. Le vicaire leva la main pour réclamer le silence.

– Mes chers amis, déclara-t-il d'une voix forte, ce n'est pas moi que vous devez remercier. Notre village a été sauvé par deux personnes au grand cœur que voici... J'ai nommé les sorcières les plus fantastiques qui aient jamais existé, Grande-

Greluche et P'tit-Boudin !

Il poussa devant lui les deux héroïnes, vert foncé et gris anthracite tant elles étaient intimidées.

– P'tit-Boudin et Grande-Greluche ont été bannies de chez elles à cause d'une reine aussi tyrannique que Mme Sac-à-Crasses ! reprit Tobie. Elles sont venues se réfugier dans notre beffroi, mais n'ont pas hésité à repartir affronter la terrible M'ame Cadabra – et risquer d'être changées en limaces – pour se procurer la potion qui a produit de si prodigieux effets. Acclamons-les, elles le méritent !

– Hip, hip, hip, hourra ! Pour les sorcières, hourra ! Hourra ! Hourra ! crièrent les villageois.

Les deux sorcières ne s'étaient jamais senties si fières ni si heureuses de leur vie. Tous ces humains qui les acclamaient, leur tapaient dans le dos et leur serraient la main, alors qu'elles ne songeaient naguère qu'à les faire tourner en bourriques, c'était magique !

– Décidément, Grelu, être gentille a des avantages. Je m'y fais de plus en plus ! chuchota P'tit-Boudin.

– J'ai toujours rêvé de rencontrer une vraie sorcière ! s'exclama Mme Tucker. Je me disais aussi, à propos de ma vitrine...

– Et moi, j'ai enfin compris ce qui est arrivé à ma pauvre Nellie ! ajouta Ted Buttercup.

– Oui, bien des choses s'expliquent, acquiesça le pasteur, les yeux pétillants de malice. Une gouvernante qui rétrécit et une vache qui chante, ce n'était quand même pas tout à fait normal !

– Écoutez-moi ! intervint M. Noggs, qui était boucher en plus d'être sacristain. Le pasteur, le vicaire et ces deux charmantes sorcières vont avoir le réveillon de Noël le plus magnifique que l'on ait jamais vu à Tramper's End ! Je leur offre ma plus grosse dinde...

– Et moi, une énorme boîte de papillotes au chocolat ! ajouta Mme Tucker.

– Avec le meilleur pudding ! cria quelqu'un d'autre.

Le pasteur et le vicaire en salivaient déjà. Après les restrictions de Violette Sac-à-Crasses, quelle bombance on leur promettait !

– Tu sais quoi, Boud' ? murmura Grande-Greluche à son amie. Je suis diablement contente d'avoir été bannie de l'île aux Sorcières !

– Et moi, donc ! renchérit P'tit-Boudin. Nous sommes vraiment chez nous, maintenant. Et comme disent les humains: « On n'est jamais mieux que dans son propre beffroi ! »

Kate Saunders

Kate Saunders est journaliste pour quatre grands journaux anglais, le *Daily Telegraph*, le *Sunday Times*, l'*Independent* et le *Sunday Express*. Elle a également été présentatrice d'émissions télévisées. Elle a un fils et vit actuellement à Londres. *Les Sorcières du Beffroi* sont ses premiers livres pour la jeunesse.

Du même auteur :

AUX ÉDITIONS NATHAN
Série « Les Sorcières du Beffroi »
La bataille de la Sardine sacrée

Tony Ross

Tony Ross est né à Londres en 1938. Il a fait ses études à la School of Art de Liverpool et a travaillé comme dessinateur, graphiste, puis comme directeur artistique d'une agence de publicité. Il est marié et vit avec sa femme et sa fille dans le Cheshire. Illustrateur pour la jeunesse de renommée internationale, Tony Ross a reçu de nombreux prix. Ses livres ont été traduits un peu partout dans le monde et certains adaptés à la télévision en dessins animés. Les *Sorcières du Beffroi* passent actuellement à la BBC.

TABLE DES MATIÈRES

N° éditeur : 10149345 – Dépôt légal : juin 2008
Imprimé en France par l'imprimerie Hérissey en avril 2008 – N° 108141